La voie William

Du même auteur

Le Deuxième Piolet, Éditions du Mont-Blanc, 2020.

Dominique Tetreau

La voie William

Éditions Les Passionnés de bouquins

2021

Éditions les Passionnés de bouquins
36 impasse du Tonkin - 69290 Craponne
email : contact@les-passionnes-de-bouquins.com
site Internet : www.les-passionnes-de-bouquins.com
ISBN 978-2-36351-105-8

Conception graphique et mise en page : *Marcel & Mado*
direction éditoriale : *Guillaume de Uffredi*

Avant-propos

Le sommet de Chamechaude est bien connu des grimpeurs grenoblois. En revanche, la voie William n'existe pas.

Ce qui confirme, si besoin en était, que cette histoire est imaginaire et que toute ressemblance avec des personnes existant ou ayant existé serait le fruit du hasard.

Je m'en excuse par avance auprès de ceux qui portent le même nom patronymique que les vilains pas beaux que l'on va y rencontrer.

Même chose pour les établissements qui porte le nom de Diamant Bleu. Je ne doute pas de leur moralité, et encore moins de celle de leurs exploitants.

1

– On y va?

Jean vérifia rapidement le contenu de son sac avant de répondre. Tout y était. La corde, les dégaines, quelques sangles et mousquetons.

– C'est parti, Georges! répondit-il en claquant le hayon du 4x4.

Ils se mirent en marche en silence sur le sentier caillouteux. Il faisait encore frais, mais le temps était au beau fixe. Les conditions étaient parfaites pour une course d'escalade dans la demi-journée.

Jean appréhendait un peu cette sortie depuis la dispute d'hier. Durant le trajet en voiture de Grenoble au Sappey-en-Chartreuse, ils n'avaient pas échangé un mot. Maintenant, il allait bien falloir se parler. Peut-être pas pendant la marche d'approche, mais après, pendant l'escalade, ils ne pourraient pas faire autrement. Bah! se dit-il, ce n'était pas la première fois qu'ils s'opposaient à cause du business. Et cela s'arrangeait toujours, car ce qui les opposait était aussi la clé de leur entente. Très différents de caractère, ils étaient extrêmement complémentaires, ce qui leur avait permis une réussite rapide et spectaculaire dans le développement d'une, puis deux, et bientôt trois concessions automobiles. Ils s'étaient connus et rapidement appréciés dans ce monde bien typé. C'était il y a vingt ans. Jean était chef d'atelier et Georges chef des ventes dans la plus grosse affaire de Grenoble. L'un comme l'autre voulaient travailler pour son compte un jour. Après quelques années passées à bosser côte à côte, et aussi à faire la foire à l'occasion, ils s'étaient associés et installés. Georges avait le sens du client et du développement commercial, prêt à prendre tous les risques. Jean était un pro de l'après-vente, la tête sur les épaules et naturellement orienté finances et rentabilité. Cette complémentarité en faisait un attelage bien équilibré. Leur goût commun pour la montagne avait fait le reste. Ils avaient réalisé des sorties ensemble et, même si leur niveau n'était pas exceptionnel, leur catalogue de courses réalisées était plus qu'honorable. Là aussi, ils étaient complémentaires, Georges plutôt audacieux, et Jean plutôt prudent. Des deux, c'était Georges le leader, en montagne comme dans le business ; en course, il prenait la tête, et, dans leur affaire, il avait cinquante et un pour cent des parts. Jean n'en éprouvait pas de jalousie. Ce qui les unissait était une relation complexe ; on ne pouvait pas parler d'amitié, mais d'une grande communauté d'intérêts et d'occupations. Leur affaire, d'abord, qui mobilisait une grande partie de leur temps et de leur énergie. La montagne, ensuite, qui les voyait se retrouver bien des week-ends, été comme hiver, depuis quelques années. Une différence toutefois : Jean était marié et père de famille, tandis qu'après un divorce, Georges était resté un célibataire endurci.

Tandis qu'ils progressaient sur le sentier, Jean repensait à leur différend d'hier. Pour une fois, il ne profitait pas des sensations caractéristiques du petit matin : les sommets qui rosissent au lever du soleil tandis que le froid s'intensifie pour un moment, le glouglou du torrent qui dévale, le sifflement des marmottes qui signalait leur arrivée. Le temps était idéal, en ce dimanche 12 septembre : beau et frais. De plus, la rentrée était faite depuis une semaine ; ils seraient seuls en montagne, ce qui n'est pas plus mal pour la course de rocher qu'ils avaient programmée, Chamechaude par la voie William. Dommage de se pourrir la vie pour une dispute comme il y en avait déjà eu et comme il y en aurait encore. Mais là, c'était grave : Georges s'était permis de prendre à partie le réceptionnaire pour un motif futile. Et sans en parler à Jean, alors que c'était lui le patron de l'après-vente. Il avait même prononcé le mot de licenciement. Pas vraiment la chose à faire alors qu'on venait de renvoyer le chef d'atelier pour cause de mauvaise rentabilité. La vraie raison est que Georges ne sentait pas bien ce réceptionnaire, à la veille de l'ouverture de leur troisième point de vente. Il est vrai que ce dernier n'était pas très souriant, mais il avait un diagnostic très sûr, les clients ne s'en plaignaient pas. La qualité de service de la concession reposait largement sur lui. Bien sûr, il était venu se plaindre à Jean, qui l'avait défendu auprès de son associé. Et cela avait vite pris des proportions idiotes. En plus, Sylvie, la secrétaire, avait entendu leur échange. Elle savait être discrète, mais aussi intrigante, et aimait bien se rendre indispensable. Présente dans la société depuis sa création, elle en était la mémoire vivante. Une grosse capacité de travail, le sens des intérêts de l'affaire, mais également une fâcheuse propension à se mêler de tout. D'autant plus qu'il y avait eu une histoire entre Georges et elle. C'était terminé depuis longtemps, mais elle savait pas mal de choses et s'en permettait beaucoup d'autres.

Tout cela s'était terminé par un « Bon, on en reparle lundi ». Jean décida de suivre cette sage décision et de profiter du paysage. Le soleil était levé depuis une bonne demi-heure maintenant, la moitié des pentes baignait dans la lumière. Ils n'allaient pas tarder d'arriver à l'attaque de la voie. Jean se remémora la course et son itinéraire, qu'il avait réalisés il y a trois ans et potassés sur son topoguide hier soir. Douze longueurs de corde, un départ dans l'ombre, mais on retrouverait le soleil à la troisième longueur. Une course cotée AD, avec pas mal de passages de 4 et deux ou trois pas de 5. Ils seraient manifestement seuls, puisqu'ils n'avaient rencontré personne durant cette courte marche d'approche. Tant mieux ! Il n'y a rien de pire que de devoir poireauter à un relais, surtout quand la cordée précédente traîne. Là, ils avaient la montagne pour eux, ce n'était pas étonnant, un 12 septembre : les touristes étaient partis depuis quinze jours, et les locaux étaient en pleine rentrée scolaire.

Ils étaient arrivés à l'attaque. Celle-ci se trouvait pratiquement au ras du sentier qui remontait depuis le parking. En une heure et demie de marche d'approche, ils n'avaient vu qu'un chevreuil matinal. Ils s'équipèrent rapidement et Jean finit par rompre la glace.

– Tu as vu ? On ne va pas être dérangés ! Personne au parking, personne en chemin, pas de bivouac en vue. On va être tranquilles !

– Bon, je prends la tête ?

Cette question était superflue. Georges prenait toujours la tête. Jean n'y attachait aucune importance et fit la réponse habituelle, qui était devenue un jeu entre eux :

– Eh bien oui, pourquoi pas ? Si tu ne t'en sors pas, tu me le dis !

– OK, on fait comme ça ! reprit Georges en lovant la corde. Je prends dix dégaines, cela suffira.

– Ça marche, tu peux y aller quand tu veux, répondit Jean en passant la corde dans son descendeur pour assurer son compagnon.

– Il est 7 heures, on sera sorti avant midi, reprit celui-ci en se hissant sur la première prise. On sera dans la vallée pour l'apéro !

Jean ne répondit rien à cette proposition extrêmement banale. S'il avait su…

La première longueur consistait en une dalle assez facile. Les deux compagnons pouvaient se voir et se parler, mais point n'était besoin de le faire ; Georges s'élevait régulièrement, tandis que Jean laissait filer la corde pour l'assurer sans le tirer en arrière. Arrivé au premier relais, Georges s'autoassura et fit venir son compagnon. Celui-ci appréciait toujours la manière dont Georges avalait la corde ; suffisamment pour qu'il se sente parfaitement assuré, corde tendue, mais pas trop pour ne pas le plaquer contre le rocher.

Arrivés au relais, les deux compagnons effectuèrent les manœuvres habituelles sans échanger un mot : Georges défit son cabestan après que Jean eût effectué le sien et mis son brin de corde pour l'assurer à nouveau. Pas besoin de grands discours pour une cordée rodée comme la leur.

Georges précisa toutefois :

– Bon, là tu te souviens ? Ça grimpe par cette petite arête, puis on passe derrière. À partir de ce moment, on ne se voit plus jusqu'au relais. C'est une belle terrasse qui se trouve juste au-dessus d'une cheminée légèrement surplombante. Je vais mettre des sangles sur les points d'assurance pour qu'il n'y ait pas de tirage.

– Si on ne s'entend pas, on fait comme d'habitude : une secousse, tu es vaché, deux secousses, je peux y aller, répondit Jean en lui rendant les dégaines récupérées sur la première longueur.

Georges s'éleva rapidement sur quelques mètres le long de l'arête. C'est là qu'il y avait un pas un peu scabreux où il fallait aller chercher une petite prise du bout du pied droit, puis transférer le poids du corps sur celui-ci. En même temps, il disparut de la vue de Jean, comme il l'avait annoncé. Ce dernier lui donna suffisamment de mou pour ne pas le tirer en arrière. La corde fila régulièrement, signe que Georges progressait de même. De temps en temps, un temps d'arrêt signifiait la mise en place d'une dégaine dans cette voie bien équipée. Puis, la corde filait à nouveau. Elle filait même tellement bien qu'il ne restait plus beaucoup de mou. Jean cria pour prévenir son compagnon :

– Georges ! Trois mètres !

Les trois mètres en question filèrent, suivis d'une secousse franche. Georges était arrivé au relais et s'était autoassuré. Deux secousses suivirent. Jean pouvait y aller.

– Parti ! cria-t-il.

Les premiers mètres se déroulèrent normalement. Jean évoluait le long de l'arête et éprouvait pleinement le sentiment de sécurité décrit plus haut. Arrivé à la dégaine qui protégeait le pas difficile, il fut surpris que Georges n'avale pas le mou qu'il venait de libérer en défaisant celle-ci.

– Eh ! Avale !

Devant l'absence de réponse, Jean hésita à se lancer dans le pas délicat. Il y avait un mètre de mou, ce n'était pas gravissime s'il dérapait, mais ce n'était vraiment pas la peine de se faire mal si on pouvait éviter.

– Oh ! Georges ! Avale la corde !

Pas de réponse. Ce n'était pas son genre. Que se passait-il ? Il était pourtant bien arrivé au relais, puisqu'il avait donné le signal convenu et commencé à l'assurer.

– Eh Georges ! Déconne pas ! Assure-moi ! Avale !

Toujours pas de réponse. Il avait dû avoir un malaise, ce n'était pas possible autrement. Jean se décida à monter sans être assuré. De toute manière, il n'avait guère d'autre choix.

Il s'engagea dans le pas délicat en se disant que, s'il ratait la prise, il risquait la chute sur quelques mètres, mais, heureusement, ce ne fut pas le cas. Venait ensuite la cheminée surplombante qui l'empêchait de voir son compagnon. Impressionnante et athlétique, mais il y avait des prises de partout. Bien sûr, il ne fallait pas tomber, car là il serait parti tout en bas. Et cette corde qui pendouillait de plus en plus au fur et à mesure qu'il progressait. Jean ponctuait chaque pas d'un « Georges, qu'est-ce que tu fous ? » de plus en plus angoissé. Qu'est-ce qui lui arrivait ? Encore dix mètres et il le saurait. Le haut de la cheminée était en vue.

Fou d'inquiétude, Jean ne grimpait plus, il courait maintenant. La corde non avalée pendait dans le vide en dessous de lui. Concentré sur sa progression et les prises, il ne regardait en l'air que de manière épisodique. C'est en levant la tête cinq mètres en dessous du haut de la cheminée qu'il reçut une goutte en pleine figure.

– Qu'est-ce que c'est que ça ? Merde ! Du sang !

Il réalisa alors que son casque était également taché.

– Georges ? T'es blessé ? Qu'est-ce qu'il y a, nom de Dieu ?

Jean ne se rappela jamais comment il avait parcouru les cinq derniers mètres, pourtant cotés en 5.

Il allait se souvenir longtemps du terrible spectacle qui l'attendait lorsqu'il se rétablit sur la terrasse. Georges était en tension sur son nœud de cabestan. Une mare de sang à ses pieds. Celui-ci s'était écoulé d'une plaie au cou. Cette dernière et un couteau planté en plein cœur limitaient effectivement la conversation.

2

– Georges !!!!!!!!

Le spectacle macabre avait pétrifié Jean. Il était là, immobile, sur la plateforme, à regarder le corps de son compagnon. Il lui fallut un certain temps, qu'il ne sut jamais reconstituer par la suite, avant de reprendre ses esprits et de vomir. Cette réaction physiologique l'avait amené à se pencher au-dessus du vide, ce qui lui permit de revenir à la réalité. Il était soixante mètres au-dessus du pierrier, à l'aplomb de l'endroit où ils avaient attaqué. Ce n'était pas le moment de tomber. Il s'autoassura sur un piton, à l'écart du corps de son compagnon, et vint vers celui-ci.

– Georges ! Parle-moi ! Qui t'a fait ça ?

Il avait prononcé ces paroles autant dérisoires qu'inutiles pour se donner l'illusion un court instant qu'il vivait un cauchemar. En touchant son compagnon, il constata que celui-ci était bien mort, mais encore chaud. Le salaud qui l'avait tué n'était pas loin. Et il était forcément parti vers le haut, dans la suite de la voie, puisque celle-ci ne permettait aucune échappatoire ni à droite ni à gauche. Jean leva machinalement les yeux et crut voir une forme rouge, soixante mètres au-dessus de lui.

– Salaud ! Assassin ! Enfoiré !

Il ne voyait plus rien. Il faut dire que la voie consistait en une série de longueurs formant une ligne brisée, et que, dans ce type de course, on passe son temps à se perdre de vue.

Il entreprit de poursuivre l'escalade. Il fit trois pas et s'arrêta. La corde ne lui servait plus à rien ; pire, elle allait rapidement le gêner, puis l'arrêter dans sa progression. Il se décorda et grimpa une dizaine de mètres, tout en hurlant ses invectives.

– Tu vas voir, fumier !

Une volée de pierres lui répondit. Il eut juste le temps de se plaquer contre le rocher. Ce n'était pas un éboulement naturel ; l'autre, en haut, lui lançait des cailloux ! Pour le tuer lui aussi ? Jean poursuivit ses invectives.

– Salopard ! Assassin !

Une nouvelle salve à nouveau. Jean s'arrêta pour analyser la situation. Vraisemblablement, l'autre lui jetait des pierres pour l'empêcher de le poursuivre, tout en continuant sa progression. Celle-ci était rapide. En effet, il évaluait à soixante mètres la distance à laquelle il avait vu cette forme rouge. Pendant que lui, Jean, allait du premier au second relais, l'autre avait eu le temps de tuer Georges et de lui mettre deux longueurs de corde dans la vue. Autant dire que ce devait être un sacré grimpeur et qu'il ne le rattraperait pas, surtout en recevant des pierres sur la tête ! De plus, terminer en solo les 300 mètres de dénivelé qui le séparait du sommet, sans assurance, était de la folie à son niveau. Il ne s'appelait pas Walter Bonatti. Jean prit le parti de redescendre les quelques mètres qui le séparaient de la terrasse où gisait son compagnon. Pour la première fois depuis qu'ils avaient attaqué, il consulta sa montre. Il était 8 heures. En une heure de temps, ils avaient parcouru les deux premières longueurs, et ce salaud avait poignardé Georges avant de s'enfuir. De nouveau, il s'adressa à lui :

– Mais enfin, qui t'a fait ça ? Et pourquoi ?

S'ensuivit une période de prostration et de réflexion qui dura un certain temps. Qui avait fait cela ? Un braconnier fou, qui se trouvait là, à l'affût, et que Georges avait dérangé ? Ou bien quelqu'un qui lui voulait du mal, qui savait qu'ils allaient faire cette voie, et qui les attendait, en sachant que Georges montait en premier ? Il regarda sa montre à nouveau. Neuf heures et demie. L'autre devait être sorti de la voie. Appeler le PGHM[1] ? Le temps qu'il explique le cas, que l'hélico décolle, l'assassin serait loin. Il aurait emprunté un des multiples chemins de randonnée qui passaient par là et se serait fondu dans la nature. Pourtant, il allait bien falloir prévenir. Jean sortit son portable de son sac. Il y avait encore de la batterie, mais pas de réception. Une seule solution : descendre en rappel les deux longueurs qu'ils avaient parcourues. Arrivé sur le sentier, il aurait de la réception. Pour cela, il avait besoin de la corde. Et il voulait laisser Georges attaché à son autoassurance. Pas question qu'il dégringole de soixante mètres, le pauvre ! Il était assez abîmé comme cela. Là encore, une seule solution : couper la corde, chose que les grimpeurs répugnent à faire en général, mais là, il n'avait pas le choix. Jean fouilla dans son sac à la recherche de son opinel, et se souvint que, pour une fois, il ne l'avait pas pris. Il se rappela les paroles de Georges, prévoyant leur

1. Peloton de gendarmerie de haute montagne.

retour dans la vallée pour l'apéro ; ils n'avaient emporté que de l'eau et des biscuits, mais pas de casse-croûte. Tant qu'à alléger le sac, il n'avait pas pris de couteau non plus. Il fallait pourtant sortir de là ; se retrouver seul sur cette terrasse, à proximité du cadavre de son compagnon, commençait à lui devenir insupportable. Surmontant son dégoût, il retira le poignard du corps de celui-ci et coupa la corde au ras de son nœud d'assurance. Il lui restait plus de trente mètres de corde, cela irait pour descendre. Mécaniquement, il effectua les manœuvres classiques : lover la corde par chaque bout pour repérer son milieu ; passer celle-ci dans un mousqueton, jeter les deux brins séparément et descendre en faisant attention de ne pas dépasser le bout des deux brins. Que faire du poignard ? L'emporter, pour le montrer à la police ? Non, cela allait l'encombrer. Il le jeta sur la vire, et se mit en tension sur la corde, prêt à se lancer en rappel. Celle-ci étant raccourcie, il dut recommencer la manœuvre trois fois. Dix minutes après, il était sur le pierrier, à l'endroit où ils avaient démarré, trois heures plus tôt. C'est alors qu'il aperçut au loin deux randonneurs qui montaient le sentier dans sa direction. Enfin des gens à qui parler et qui allaient pouvoir l'aider. Il réalisa à ce moment qu'il était couvert de sang.

Chapitre3

– Chef ! Je crois bien qu'on a fini d'être tranquilles !

– Que se passe-t-il, Giraud ?

– Une histoire de fous ! Deux randonneurs dans le secteur de Chamechaude qui ont trouvé un type en état de choc, plein de sang. Ils ont cru qu'il s'était blessé en chutant et ont voulu lui porter secours, mais pas du tout. Le gars n'a rien et leur a expliqué que son compagnon de cordée, qui grimpait en premier, s'était fait poignarder au deuxième relais de la voie William, pendant qu'il le rejoignait. Quand il est arrivé au relais, l'autre était déjà mort. Il est redescendu et a rencontré ces deux grimpeurs. C'est la première fois que j'entends un truc comme ça. Je leur ai dit qu'on arrivait et qu'ils nous gardent le gars au chaud. On peut les rappeler tout de suite, j'ai pris leur numéro de portable.

Le colonel Chappaz assimila cette histoire incroyable, et renchérit :

– Vous avez bien fait, Giraud. Je les appelle tout de suite et on y va.

La conversation s'engagea rapidement avec les deux grimpeurs.

– Colonel Chappaz à l'appareil. Le lieutenant Giraud m'a transmis votre témoignage. Le gars est toujours avec vous ?

– Oui

– Comment est-il ?

– Cela va un peu mieux. Mais il est très choqué.

– Je peux vous parler sans qu'il m'entende ?

– Oui.

– Il ne cherche pas à fuir ?

– Pas du tout. Il s'est assis et on lui donne à boire et à manger pour l'occuper. De toute façon, c'est lui qui a voulu qu'on vous appelle.

– Et ce prétendu corps, vous le voyez, d'où vous êtes ?

– Non. De toute manière, s'il est effectivement au second relais de la voie William, on ne peut pas le voir de là où l'on est.

– Vous êtes où, exactement ?

– Sur le sentier, à 500 mètres de l'attaque de la voie. Dites, on était partis pour la faire, nous aussi. On va pouvoir y aller ?

– Surtout pas ! Attendez qu'on vienne. Si effectivement il y a un mort au second relais, il va falloir vous trouver un autre programme. Si de plus c'est vraiment un crime, on va sécuriser la zone. Continuez à rassurer le gars. On arrive dans vingt minutes, le temps de préparer le matériel. À tout de suite.

Le colonel Chappaz raccrocha et donna ses instructions.

– Giraud ! On part tout de suite ! Faites chauffer l'hélico ! Prenez deux hommes avec vous et de quoi hélitreuiller, relever des empreintes et délimiter une scène de crime. Je préviens l'IRCGN[1] et je viens avec vous. Au fait, si vous aviez envie de refaire la voie William, vos vœux vont être exaucés dès aujourd'hui.

– Cela me plaît plutôt, chef ! J'aime mieux cela que de rester dans un bureau. En revanche, manier de la viande froide, ce n'est pas terrible, pour un dimanche !

– Ce qu'il y a de bien avec vous, Giraud, c'est que le réalisme est toujours au rendez-vous. Allez, on y va !

Quelques instants plus tard, les quatre hommes s'envolaient en direction de Chamechaude. Ils eurent tôt fait de rejoindre les deux grimpeurs, qui étaient en train de réconforter Jean comme ils pouvaient. Chappaz constata que leur compte rendu était fidèle : celui-ci était sous le choc et avait du mal à parler. Hébété, il répétait :

– Georges… On l'a tué… Pourquoi ?

Pourquoi et, surtout, qui ? C'était bien là toute la question d'une affaire criminelle qui lui tombait dessus un beau dimanche, et dont le colonel Chappaz se serait bien passé. Il commença par réconforter Jean en lui donnant un café, et s'adressa aux deux randonneurs.

– Racontez-moi un peu tout ça…

– C'est ce qu'on a dit au lieutenant, monsieur. On montait le sentier pour aller faire la voie William quand on a vu arriver ce type en courant, couvert de sang. On a cru d'abord qu'il avait dévissé avec son coéquipier et qu'il allait chercher du secours, mais pas du tout, on a compris que ce dernier avait été poignardé à mort au deuxième relais.

1. Institut de recherche criminelle de la gendarmerie nationale.

– OK, je vais prendre la main. En revanche, il va falloir passer au PGHM cet après-midi pour déposer votre témoignage. Le lieutenant Giraud va prendre vos identités et vous donner un rendez-vous.

Chappaz se tourna alors vers Jean.

– Ça va aller, monsieur ?

– Oui, ça va mieux…

– Expliquez-moi ce qui s'est passé…

Bien que ce soit la troisième fois en une demi-heure qu'il allait entendre la même chose, Chappaz faisait toujours redire l'histoire par les différents intervenants. Un détail omis ou rajouté pouvait éclaircir bien des choses.

Jean retraça le déroulé des faits, en précisant toutefois les horaires dont il était sûr. À ses dires, le meurtre avait eu lieu entre 7 et 8 heures du matin. Chappaz consulta sa montre : 10 h 45. Ils n'avaient pas trop perdu de temps. De toute évidence, il allait falloir aller sur le lieu du crime, le chemin le plus simple étant de grimper les deux premières longueurs de corde, mais, avant, il avait une question essentielle à poser :

– Vous m'avez dit que vous avez coupé la corde avec le couteau qui a tué votre compagnon. Il est où, ce couteau ?

– Ben, il est resté sur place… Je n'avais qu'une idée en tête, c'était de descendre, vous savez !

En prononçant ces paroles, Jean réalisa pour la première fois qu'il avait dû laisser ses empreintes sur l'arme du crime. Chappaz ne le fit pas remarquer, mais les instructions qu'il donna au reste de l'équipe étaient sans équivoque :

– Giraud ! Vous montez tout de suite au second relais avec Brun. Vous prenez la radio et vous me dites vos constatations en arrivant. Prenez de quoi récupérer le couteau en préservant les empreintes. Je reste ici avec Groslier et monsieur. On avisera de la conduite à tenir quand vous serez sur place. Moi, je vais discuter un peu avec monsieur. Monsieur qui, au juste ?

– Mon nom est Jean Poirier.

– Il me semble vous avoir déjà vu…

– Forcément, vous prenez vos voitures chez nous !

– C'est bien ce qu'il me semblait. Le garage de l'Europe ! Vous êtes le patron, c'est cela ?

Jean eut un rictus douloureux en indiquant la paroi.

– On peut dire ça comme ça. Je suis associé avec Georges. Celui qui est là-haut.

– C'est votre associé qui a été poignardé ?

– Oui.

– Vous faites souvent des sorties ensemble ?

– Oui.

– Vous avez une idée sur ce qui s'est passé ? Votre compagnon se sentait menacé ? Il vous a dit quelque chose, ce matin, avant de partir ?

– Je vais vous redire la même chose que tout à l'heure : à 7 heures, on attaque la voie, à 8 heures, je le retrouve mort. Il ne m'a rien dit de particulier.

Chappaz réalisa que le lieu n'était pas propice à recueillir une déposition. Par ailleurs, celle de Jean était incontournable en tant que témoin du drame. Un silence pesant s'établit, que Groslier interrompit fort opportunément.

– Mon colonel ! Giraud est arrivé au relais. Il vous demande sur la radio.

Chappaz rejoignit l'hélicoptère et fit un signe à Groslier, lui enjoignant de surveiller le témoin. Le crachotement de la radio indiquait que le lieutenant Giraud était en ligne.

– Vous me recevez, Giraud ?

– Cinq sur cinq, mon colonel !

– Alors ?

– Alors, il y a effectivement un macchab au relais, mon colonel ! Trois coups de couteau, un au cou, l'autre au côté et le troisième au cœur. J'ai sécurisé la zone comme j'ai pu, car il n'y a pas trop de place. Celui qui est redescendu a un peu pataugé dans le sang par terre. De toute manière, côté empreintes, il y en a de magnifiques sur l'arme du crime, qui est restée à côté de la victime. Est-ce que je dois la fouiller ? Il y a aussi son sac…

– Non, Giraud ! Les scientifiques s'en chargeront. Rapportez l'arme en prenant les précautions d'usage.

– C'est fait, mon colonel, j'ai emballé le couteau. Qu'est-ce que je fais maintenant ?

– Vous redescendez et vous me rejoignez. Passez-moi Brun, je vais lui demander de rester à côté de la victime en attendant l'IRCGN. C'est pas marrant, mais personne ne doit venir sur la scène de crime. Groslier va rester au pied de la voie, et vous et moi, on emmène le témoin pour sa déposition.

Une demi-heure après, l'hélicoptère emmenait au PGHM le colonel Chappaz, Jean et le lieutenant Giraud, redescendu du relais fatidique. Les deux autres gendarmes étaient restés sur place, pour sécuriser la scène du crime.

4

Chappaz commença par prévenir le procureur de la République, ou plutôt la procureure, puisque c'était une femme, Raymonde Mesnard. Elle était connue et reconnue pour ses qualités professionnelles : exigence, ténacité et méthode la faisaient respecter, et aussi craindre des officiers de police et de gendarmerie. Elle ne laissait jamais rien au hasard et savait mettre la pression sur les enquêteurs. Son travail, c'était sa vie, car elle était célibataire et compensait par le boulot une forte obésité. Elle en souffrait certainement, mais n'en faisait jamais état. Il ne serait venu à personne l'idée de s'en moquer, son dynamisme et son professionnalisme en faisant une pointure de la magistrature, universellement respectée. Pour l'heure, Chappaz tomba sur son répondeur. Il entreprit donc de recueillir sans tarder la déposition du témoin. Témoin ou suspect ? Les éléments étaient troublants : il était seul sur les lieux du crime avec la victime et, pour faire bonne mesure, il y avait ses empreintes sur l'arme qui avait tué. Avant de l'interroger, il voulait s'entretenir avec Giraud. Il trouva facilement le moyen de le faire.

– Je vais recueillir votre déposition, monsieur Poirier. Si vous voulez faire un peu de toilette, allez-y.

– Je peux prévenir chez moi ?

– Attendez un peu, il n'est que 11 heures, on a le temps. S'il ne s'était rien passé, vous seriez encore en montagne, à cette heure-ci. Le gendarme Royer va vous montrer où vous pouvez vous débarbouiller. Je vais vous recevoir dans dix minutes.

Chappaz ponctua cette remarque d'un signe d'intelligence avec le gendarme de garde. Cela voulait dire : pas de coup de fil. Puis il s'enferma avec le lieutenant.

– Alors, Giraud ? Dites-moi ce que vous avez vu et ce que vous en pensez.

– C'est ce qu'on vous a dit, chef : la victime était en tension sur son point d'assurance. Une plaie au cou, qui a mis du sang un peu partout, une au ventre et une autre au cœur. Le couteau par terre. Vous voulez le voir ?

– Montrez toujours…

Giraud exhiba de son emballage l'objet maculé de sang. Des empreintes bien nettes marquaient le manche.

– On ne part pas en montagne avec un engin comme cela par hasard. Qu'est-ce que vous en pensez ?

– La même chose que vous, chef ! On a programmé ce crime.

– Les empreintes sont apparemment celles d'un gaucher. Il y a d'autres indices ?

– La terrasse n'est pas très large, et il y avait une flaque de sang par terre. L'assassin et votre témoin ont pas mal barboté dedans. On retrouve des traces au-dessus et en dessous.

– Autre chose ?

– Je n'ai rien vu d'autre. Sur la terrasse, il n'y a que des cailloux, pas d'autres objets que le couteau.

– Vous avez pris des photos ?

– Bien sûr, les voilà !

Chappaz fit défiler sur l'appareil photo numérique tendu par Giraud la série de clichés que ce dernier avait pris. Un type assassiné dans un décor minéral, voilà tout ce qu'on pouvait en dire.

– Bon, on va voir si l'IRCGN trouve d'autres indices, genre cheveux ou autre. Quel est votre avis, Giraud ?

– Mon avis, c'est qu'on n'a qu'un seul témoin, et ses empreintes sur un couteau qui a tué. Pour peu qu'on lui trouve une raison d'en vouloir à la victime, il a le tiercé gagnant corps-arme-mobile.

La formule fit sourire Chappaz. Heureusement que l'humour ne perdait pas ses droits dans les situations les plus dramatiques.

– J'y ai bien pensé, Giraud. Cela dit, rien ne prouve pour l'instant qu'il l'ait tué. Si c'était le cas, il ne nous aurait pas fait prévenir comme il l'a fait. C'était plus simple de simuler un accident : un bon coup d'épaule à un relais, une chute de 200 mètres et on n'en parle plus. Bon, on va l'interroger. Allez le chercher, et restez avec moi pour la déposition. On est souvent plus malins à deux.

Jean avait repris quelques couleurs lorsque Giraud le fit entrer dans le bureau du colonel Chappaz. Celui-ci lui indiqua, avec diplomatie mais fermeté, qu'il allait recueillir sa déposition.

– C'est un interrogatoire ?

– Il y a mort d'homme, monsieur Poirier, et vous êtes témoin. Le seul témoin d'après vos propres dires. Je vais vous demander de tout me redire depuis le début.

N'omettez aucun détail, même s'il vous paraît insignifiant.

Jean reprit l'énoncé des faits de cette journée : leur départ au petit matin, l'absence de voiture sur le parking, leur marche d'approche solitaire, la première longueur qui se déroule normalement, la façon chaotique avec laquelle il avait parcouru la seconde pour découvrir son associé assassiné, la poursuite vite abandonnée, sa période de prostration, la forme rouge entre-aperçue, la manière dont il avait coupé la corde avec l'arme du crime pour redescendre en rappel, la rencontre avec les deux randonneurs. Il omit toutefois d'évoquer la dispute d'hier. Cela ne regardait que Georges et lui, et ce n'était pas la peine de compliquer une affaire qui l'était déjà.

– Vous êtes conscient que vous avez laissé vos empreintes sur l'arme du crime ? Ce n'est pas très… heureux.

– J'ose espérer que vous ne me suspectez pas quand même, colonel ? Sinon la déposition s'arrête là et j'appelle mon avocat !

Chappaz calma le jeu.

– Nous avons bien conscience que vous nous avez prévenus spontanément, monsieur Poirier. Il est possible qu'il y ait d'autres empreintes sur le couteau. Il est aussi possible que vous les ayez effacées partiellement ou totalement. Nous allons le faire analyser. Cette forme rouge que vous avez vue s'enfuir, vous pouvez nous en dire un peu plus ?

– Difficilement. J'étais sous le choc de ce que je venais de découvrir, je recevais des pierres sur la tête, et quand on regarde du bas en haut quelqu'un qui grimpe comme un singe, on ne voit pas grand-chose !

– Il était grand ? Il était petit ? Il était habillé comment ?

– C'est un grimpeur très rapide, c'est tout ce que je peux vous dire ! D'une part parce qu'il a disparu de ma vue à toute vitesse, d'autre part et surtout, parce que si c'est lui qui a fait le coup, il a eu le temps de tuer Georges et d'escalader 60 mètres, voire davantage, le temps que je fasse les trois quarts de la seconde longueur…

– Les trois quarts ? Pourquoi les trois quarts ? Expliquez-moi…

– C'est très simple. Quand j'ai commencé à grimper, Georges m'assurait normalement. C'est au bout de dix mètres environ que la corde n'était plus avalée et que je me suis rendu compte qu'il se passait quelque chose d'anormal.

– Donc, votre associé, Georges, c'est bien cela ?, aurait été poignardé pendant qu'il vous assurait ?

– Très vraisemblablement. Ce qui veut dire aussi qu'il n'a pas pu se défendre. D'une part, il était vaché au relais, d'autre part, il avait les deux mains occupées.

Le lieutenant Giraud demanda à intervenir :

– Si je peux, mon colonel…

– Allez-y, Giraud…

– Si ce que dit monsieur est avéré, on peut aussi penser que l'assassin attendait sa victime au deuxième relais…

– Précisez…

– Cette vire, c'est une belle plateforme pour faire un relais, mais ce n'est quand même pas la place de la Concorde ! Il y a… mettons… 2 mètres de large et 50 centimètres de profondeur. L'assassin ne pouvait pas venir d'en bas, puisque monsieur l'aurait forcément vu. Il ne pouvait pas venir d'un côté ou de l'autre, il n'y a pas d'échappatoire à ce niveau de la voie. La seule solution est qu'il attendait tranquillement la victime au relais. Peut-être aussi qu'il la connaissait.

– Bonne remarque, Giraud. Cela veut également dire que le crime serait prémédité. Monsieur Poirier, qui était au courant de cette sortie dans votre entourage ?

– Difficile à dire… Ma femme, bien entendu, sait toujours où je vais. Beaucoup de monde au garage sait que Georges et moi faisons des sorties ensemble. Je ne me souviens pas d'avoir dit précisément à qui que ce soit que nous avions prévu de faire la voie William. Maintenant, Georges a pu le dire à quelqu'un, mais à qui ?

– C'est ce qu'il va falloir déterminer en interrogeant son entourage familial et professionnel. Parlez-nous de lui. Il est marié ? Il a de la famille ?

– Non, il vit seul. Il est divorcé.

– Depuis longtemps ?

– Cela va faire dix-douze ans. Douze ans, je crois…

– Il s'est remis avec quelqu'un ?

– Non, il vit seul et je ne lui connais pas de liaison en ce moment. Notre affaire nous occupe beaucoup, vous savez.

– Vous connaissez son ex-femme ?

– Bien sûr. Georges et moi travaillons ensemble depuis vingt ans.

– Qui est-ce ? Elle est toujours par ici ?

– Je dois vous donner son nom ? C'est de l'histoire ancienne, vous savez !

– C'est une enquête criminelle, monsieur Poirier, et nous partons de zéro. Nous devons collecter un maximum d'éléments.

– Je comprends. Oui, elle habite près d'ici. C'est maintenant la femme du docteur Duchemin.

Tout en prenant des notes, Chappaz haussa un sourcil. Le docteur Duchemin était une notoriété locale. Cela commençait bien !

– On regardera cela. Vous connaissez des ennemis à votre associé ? Savez-vous s'il a reçu des menaces ?

Jean repensa au chef d'atelier renvoyé récemment. Des licenciements, il y en avait eu d'autres, et certains, dont celui-là, s'étaient mal passés. On lui avait rapporté que le chef d'atelier avait clamé ici et là qu'il se vengerait. Pour autant, il ne rentra pas dans les détails ; toujours délicat d'accuser quelqu'un sans preuve.

– Vous savez, quand on est patron, on n'a pas que des copains ! Des ennemis, on s'en fait forcément. Mais de là à se faire trucider.

– Il va falloir creuser cela aussi, et nous irons enquêter au garage. Avait-il des ennuis financiers ? Des dettes ?

Jean s'enflamma :

– Certainement pas ! Notre affaire est très saine sur le plan financier. En quinze ans, nous sommes passés de 7 à 40 salariés, et, partis d'un garage à la limite du dépôt de bilan, nous avons aujourd'hui deux établissements, bientôt trois. Le tout par autofinancement. L'expert-comptable pourra vous le confirmer : les banquiers font la queue pour nous prêter de l'argent. Mais on n'en a jamais voulu. Ou alors le minimum. Et tout cela, c'est par le travail. On bosse quinze heures par jour et on se paie raisonnablement. La situation financière du garage est très bonne, et des dettes personnelles, on n'a pas le temps d'en faire !

– Donc, il vit seul. Il a de la famille ?

– Oui, il a une sœur, qui vit en Normandie.

La sonnerie du téléphone interrompit la conversation. La procureure rappelait.

– Je vais vous demander de rester un instant avec le lieutenant Giraud. Je vais voir comment on s'organise, dit-il en quittant le bureau pour échanger avec celle-ci.

– Colonel Chappaz ! Qu'est-ce qui me vaut le plaisir, un dimanche ?

Chappaz entreprit d'expliquer à la proc qu'en fait de plaisir, elle héritait d'un meurtre, vraisemblablement prémédité, en pleine montagne, au beau milieu d'une voie d'escalade. La réaction de la magistrate fut immédiate :

– Bon, j'arrive ! Je veux voir la scène de crime.

Situation un peu délicate, car sa corpulence ne lui permettait absolument pas d'escalader deux longueurs d'une course cotée AD. Chappaz entreprit de le lui expliquer délicatement.

– Je comprends, je comprends, mais je veux m'imprégner de l'atmosphère du lieu du crime ! Qu'est-ce que vous me proposez ?

– Rejoignez-nous au PGHM, on a déjà des photos à vous montrer. Après, on vous emmène en hélico au pied de la voie, là où les deux randonneurs ont croisé Poirier. De toute manière, les scientifiques doivent être sur place pour recueillir des indices, et j'ai deux gendarmes à récupérer.

– Bon, faisons comme cela. Et ce témoin, ce Poirier, vous le mettez en garde à vue ?

Chappaz reprit l'argumentation développée précédemment et indiqua qu'il ne croyait pas à sa culpabilité.

– Concernant la victime, nous n'avons pas de mobile pour l'instant, madame. Ni côté cœur ni côté portefeuille. Il va falloir aller les chercher dans sa vie personnelle et professionnelle. Dès demain, j'irai enquêter au garage, et je préfère que monsieur Poirier y soit, plutôt qu'en garde à vue ; ce serait le meilleur moyen que tout le monde se taise ou raconte n'importe quoi. D'autre part, je vais vous demander de perquisitionner au domicile de la victime, et aussi de mettre sur écoute le garage, la ligne de la victime et celle de Poirier. Si jamais on a affaire à un dingue qui veut revendiquer quelque chose…

– Accordé. Vous êtes chargé de l'enquête. Je serai là dans deux-trois heures, le temps d'arriver.

– Entendu. De mon côté, je vais retourner sur le lieu du crime, pour voir l'IRCGN, et on se retrouve au PGHM.

Chappaz revint vers Poirier pour poursuivre l'interrogatoire. Il pensait réellement que ce dernier était innocent. D'une part, il n'avait pas une tête d'assassin, d'autre part, le garage de l'Europe était honorablement connu dans la région depuis des années, ainsi que ses deux dirigeants. Il ne voyait vraiment pas ce qui aurait pu pousser l'un à éliminer l'autre, et surtout d'une manière aussi peu discrète. Demain, à la première heure, il irait enquêter au garage, Poirier étant dans son rôle habituel. Ce soir, il irait perquisitionner au domicile de la victime, Georges Dumez. Et tout de suite, en attendant l'arrivée de la procureure, il avait sa petite idée ; il voulait vérifier les dires de Poirier in situ.

– Je vais retourner là-bas, monsieur Poirier. En attendant la procureure de la République qui veut voir les lieux du crime, je veux refaire avec vous les deux premières longueurs, jusqu'à la vire.

– Pourquoi ? Je vous ai tout dit ! Et puis, je n'ai vraiment pas le cœur à revoir Georges sur cette satanée plateforme ! Ce que j'aimerais bien, maintenant, c'est prévenir ma femme et rentrer chez moi.

Chappaz avait prévu cette réaction. Mais il tenait à son idée. En remettant le témoin en situation, il pouvait révéler un indice.

– Prévenez votre femme maintenant, dit-il en lui tendant le téléphone. Mais j'insiste. Je veux que vous me montriez à partir de quel moment vous n'avez plus été assuré, et à quel niveau vous situez la forme rouge que vous avez aperçue. Nous allons monter à trois avec le lieutenant Giraud, qui grimpera en tête. Tous les deux, on redescendra en rappel. Quant à vous, Giraud, vous terminerez la voie avec Brun, qui est sur place. Entre le second relais et la sortie de la voie, vous trouverez peut-être quelque chose. Quant au… corps, rassurez-vous, les scientifiques doivent être sur place, il sera recouvert d'une bâche. Après, vous pourrez rentrer chez vous.

Ainsi fut fait. Poirier appela sa femme et lui parla d'accident, sans trop rentrer dans les détails. Les trois hommes rejoignirent le pied de la voie en hélico et y retrouvèrent le gendarme Groslier, resté en faction. Une quinzaine de randonneurs et grimpeurs s'agglutinaient, pressentant quelque chose d'extraordinaire, et le harcelaient de questions.

– Ah ! Mon colonel ! Content de vous voir arriver ! Si vous pouvez expliquer à ces messieurs-dames qu'il n'y a rien à voir et qu'ils peuvent circuler, suivant la formule… Nos collègues scientifiques sont arrivés il y a une demi-heure, ils sont là-haut.

Chappaz prit le parti d'expliquer les choses sans trop en dire, en parlant d'un mort au deuxième relais. Il était conscient que les gens allaient raconter n'importe quoi en redescendant dans la vallée, mais tant pis, il fallait avancer. Il distribua les rôles.

– Messieurs, voici ce que je vous propose. Giraud, vous vous encordez avec monsieur Poirier et moi-même. Vous allez grimper en tête et nous assurer en flèche. Arrivé au relais, vous allez continuer la course avec Brun, qui nous attend, et sortir de la voie par le haut. Ouvrez les yeux et tâchez de trouver un indice quelconque. Un emballage, un kleenex, que sais-je ? Groslier, vous restez en bas et vous continuez d'expliquer aux gens qu'ailleurs, c'est mieux qu'ici…

En s'équipant, Chappaz put poser quelques questions complémentaires à Jean :

– Vous êtes venus avec quelle voiture ?

– Avec celle de Georges. Il est passé me chercher chez moi, tôt ce matin.

– Il va falloir la récupérer. Où sont les clés ?

– Dans son sac, j'imagine…

– Au fait, vous êtes droitier ou gaucher ?

– Gaucher, pourquoi ?

– Comme ça…

L'escalade commença. Le lieutenant Giraud grimpait comme un singe et mit peu de temps à enchaîner les deux longueurs. Chappaz progressait à proximité de Poirier, pendant que le premier de cordée les assurait. Il constata qu'il était effectivement gaucher. Il put apprécier ses qualités de grimpeur et, surtout, il constata que Poirier restait constant dans sa déclaration. Il décrivit au mètre près l'endroit où il s'était rendu compte qu'il n'était plus assuré correctement. Arrivé au relais, le décor avait un peu changé. Le corps de Georges avait été détaché de la paroi, allongé par terre et recouvert d'une bâche. Chappaz s'en approcha et découvrit discrètement celle-ci pour examiner la victime. Deux gendarmes s'activaient pour chercher des indices, sans grand succès.

– Côté empreintes, ce n'est pas terrible, sur des cailloux, mon colonel. Cela marche mieux dans une voiture ou un appartement.

– Je me doute. Qu'avez-vous trouvé dans le sac de la victime ?

– Portefeuille, clés de voiture et d'appartement, une gourde, une polaire, du matériel d'escalade. Un téléphone portable. Éteint.

– Vous pensez pouvoir récupérer quelque chose de plus, ici ?

– Non, on a fait le tour.

– OK. On fait comme on a dit. Brun et Giraud, vous continuez l'ascension. Tenez-moi au courant par radio si vous trouvez quelque chose d'intéressant. Je vais faire descendre le corps. Ces messieurs de la scientifique, vous allez m'accompagner jusqu'à la voiture de la victime. On va voir si on y trouve quelque chose.

Jean Poirier intervint :

– Cela m'étonnerait ! C'est une voiture de démonstration qu'on a mise en service il y a deux jours. Elle est toute neuve.

– On ne sait jamais, monsieur Poirier. Une lettre dans la boîte à gants, cela peut suffire.

Les quatre hommes entreprirent la descente. Arrivés en bas de la voie, ils profitèrent de l'hélico pour rejoindre le parking, où un 4x4 neuf les attendait. Chappaz ordonna :

– Attendez là un moment, monsieur Poirier. Si, comme vous le pensez, on ne trouve rien dans le véhicule, vous allez pouvoir rentrer avec, puisque, somme toute, c'est la propriété du garage. Dans le cas contraire, je le ferai mettre sous scellés et je vous redescends en hélico. Allez-y, messieurs.

Il n'y avait strictement rien dans le 4x4 qui affichait 153 kilomètres au compteur et sentait l'odeur désagréable des plastiques neufs. En revanche, les gendarmes collectèrent plusieurs empreintes. Poirier intervint à nouveau :

– Les empreintes, vous allez trouver les miennes qui suis monté dedans ce matin, celles de Georges, bien sûr, celles des vendeurs du garage et aussi celles des quelques clients qui l'ont essayé.

– C'est ce qu'on va contrôler, monsieur Poirier. Il serait intéressant d'en trouver d'autres.

La collecte terminée, Chappaz trancha :

– C'est bon. Monsieur Poirier, vous pouvez rentrer chez vous avec le véhicule. À quelle heure ouvrez-vous le garage, demain ?

– Pour les clients, c'est 8 heures. Mais j'y serai avant.

– Moi aussi. Tâchez de dormir un peu, cette nuit.

Poirier partit dans un nuage de poussière. Chappaz appela le PGHM pour donner ses instructions.

– J'arrive avec l'hélico. Préparez une équipe pour redescendre le corps. Vu où il est placé, cela ne va pas être facile, je ne vois pas d'hélitreuillage possible. Il va falloir la jouer à l'ancienne en le descendant sur un brancard. Groslier est sur place, avec trois gars, cela devrait aller. D'autre part, le témoin est en train de rentrer chez lui. Il me faut quelqu'un qui assure une filature discrète – j'ai dit discrète – jusque demain matin. Apparemment, il est clean, mais on ne sait jamais. S'il ressort de chez lui, vous le suivez et vous me prévenez immédiatement, à n'importe quelle heure du jour ou de la nuit. Terminé !

Il coupait tout juste la liaison lorsque la radio se mit à crépiter. C'était Giraud qui appelait.

– On sort de la voie, mon colonel ! On n'a rien trouvé.

– C'est-à-dire ?

– Il y a quelques traces de sang au-dessus de la scène de crime. C'est sans doute monsieur Poirier qui les a laissées quand il s'est lancé à la poursuite de la forme rouge sur quelques mètres. Et puis, il y en a encore plus haut. J'ai donc fait des prélèvements du tout. Vraisemblablement, cela va être le sang de la victime, mais sait-on jamais ? Si l'assassin avait eu la bonne idée de s'égratigner en escaladant, cela nous ferait une trace ADN…

– Vous avez bien fait, Giraud ! Autre chose ?

– Rien, mon colonel.. Des cailloux, et encore des cailloux.

– Entendu. Vous êtes au sommet, là ?

– Oui.

– Restez-y cinq minutes, on arrive avec l'hélico et on va vous hélitreuiller. Cela vous évitera de descendre à pied. On retourne au PGHM, la procureure ne devrait pas tarder.

Effectivement, la magistrate venait d'arriver lorsque l'équipe des gendarmes se posa.

– Bonjour, colonel ! On y va ?

– On va y aller, madame. Je commence à connaître le chemin ! Mais je voudrais d'abord vous montrer les photos, et que le lieutenant Giraud et moi-même vous récapitulions la situation.

Chappaz retraça l'ensemble des événements de la journée, un meurtre insolite dans une voie d'escalade, un témoin a priori peu suspect, une arme du crime bien certaine, des mobiles inexistants, en l'état actuel de l'enquête, et très peu d'indices.

– Je vais faire lancer un appel à témoins mais sans grand espoir. Des randonneurs ou des grimpeurs avec un vêtement rouge, K-way ou polaire, il peut y en avoir quelques-uns…

– On va aussi demander une autopsie. Les causes de la mort, on les connaît, mais, sait-on jamais, on peut trouver autre chose.

– À quoi pensez-vous ? De la drogue ?

– Par exemple.

– Chez un montagnard confirmé, cela m'étonnerait ! Mais vous avez raison, on n'a rien pour l'instant. Ne négligeons aucune piste.

La procureure Raymonde Mesnard examina avec attention l'arme du crime et les photos prises par Giraud. Chappaz repartit pour la troisième fois de la journée avec elle sur la scène de crime en hélico. À défaut de grimper jusqu'au deuxième relais, il fit effectuer par le pilote un vol stationnaire au plus près de celui-ci. Les gendarmes étaient en train de descendre le corps avec difficulté, ce qui confirma à la magistrate que ce n'était pas un exercice pour elle.

– Il faut être cinglé pour régler ses comptes ici ! Qu'est-ce que vous en pensez, colonel ?

– Que cela va être une enquête difficile, si c'est un meurtre prémédité, ou, au contraire, relativement facile, si c'est un frappadingue qui a tué par hasard. Dans le second cas, il commettra forcément une autre tentative et on finira par le choper. En revanche, si c'est un crime prémédité, chapeau, on n'est pas sorti de l'auberge !

– Je pense comme vous, colonel. J'espère que votre perquisition et votre enquête au garage vont vous apporter des éléments. Au fait, pour les écoutes, c'est d'accord.

– À propos d'écouter, je vais essayer également de faire parler le portable qu'on a retrouvé dans le sac de la victime.

Tandis que l'hélicoptère se posait sur la base du PGHM, la procureure conclut :

– Je vous ai signé tous les documents nécessaires. Bonne chasse, colonel. Pour monsieur Poirier, vous êtes sûr de votre coup ?

– Oui, pour toutes les raisons que je vous ai indiquées. De plus, j'ai examiné rapidement le corps de la victime. À mon avis, les coups de couteau ont été portés par un droitier. L'autopsie nous le confirmera. Or, monsieur Poirier est gaucher.

– Quel œil, colonel ! Qu'est-ce qui vous fait dire ça ?

– Juste un peu d'expérience… La plaie au cou de la victime se situe à sa gauche. Si son meurtrier lui faisait face, il aura forcément porté le coup avec son bras droit. Je vous tiens au courant dès que j'ai du concret. Pour l'instant, je vais à l'appartement de la victime. Avec les clés trouvées dans le sac, on va gagner du temps.

5

L'immeuble où résidait Georges était de bon standing, mais sans plus. Le colonel Chappaz s'attendait à ce que sa position sociale lui fasse habiter une résidence de luxe. Les deux gendarmes se rendirent au troisième et ouvrirent la porte d'un F3 standard. Un séjour, une chambre, un bureau. Le tout impeccablement rangé.

– C'est pas le genre bling-bling, notre client ! remarqua Giraud.

– Effectivement, cela sent le vieux garçon méticuleux, répondit Chappaz. Je vais jeter un œil à la cave et au garage. Rangé comme c'est, je vais bien trouver les clés quelque part. Commencez à regarder l'appartement et je vous rejoins.

Pendant que son chef descendait au sous-sol, Giraud commença par jeter un œil circulaire. Son expérience des perquisitions lui avait appris que, souvent, c'est au tout début qu'un œil neuf trouve un détail insolite. Pas après quatre heures de recherches fastidieuses. Mais là, tout était désespérément lisse et propre. Rien sur les meubles, même pas de poussière ! Quelques gravures de montagne aux murs. Les différentes horloges électroniques indiquaient la même heure, la bonne en l'occurrence. Le gendarme réprima un soupir et commença sa fouille.

D'un côté, le rangement impeccable facilitait sa tâche. De l'autre, il sentait qu'il n'allait pas trouver d'indice matériel probant. La suite le confirma : du linge dans les placards et les tiroirs, une batterie de cuisine minimum, rien d'insolite dans la salle de bains. Dans le séjour, des livres, des DVD, des albums photos. Giraud consulta la messagerie électronique du téléphone. Pas de message. Restait l'ordinateur dans le bureau. Après l'avoir mis sous tension, ce dernier réclama un mot de passe, qui, bien sûr, n'était pas noté sur un bout de papier à proximité.

– Bon, c'est trop fort pour moi, soupira-t-il. On va embarquer ce bestiau et le donner aux spécialistes pour le faire parler.

Chappaz remontait du sous-sol sur ces entrefaites.

– Alors, Giraud ?

– Alors pas grand-chose. Des costumes, des chemises, des serviettes de toilette. La belle affaire ! Il n'y a même pas de classement de vieilles factures ou de relevé de compte bancaire. J'ai pris les albums photos, tenez, les voici. C'est super rangé et impeccablement daté. Ce qui est curieux, c'est que cela s'arrête à 2002. Depuis, plus rien.

– S'il est comme moi, cela peut vouloir dire qu'il s'est mis au numérique à cette époque. Avant, il devait faire des tirages papier qu'il mettait dans les albums, et, après, tout sur l'ordinateur. C'est une possibilité. Ou alors, il s'est arrêté de faire des photos. C'est à vérifier. Faites voir les albums…

Les deux hommes se mirent à les feuilleter. Chacun sa pile. Après avoir parcouru la sienne à plusieurs reprises, Giraud marqua un temps d'arrêt :

– Je ne sais pas ce que vous avez trouvé, chef, mais moi, il y a deux choses qui m'étonnent un peu…

– Dites toujours…

– Primo, je n'ai que des photos au bord de la mer, avec des personnages et des palmiers, genre Antilles ou Thaïlande. Pas une seule photo de montagne. Pour un alpiniste, c'est étonnant, d'autant plus qu'aux murs, il n'y a que cela !

– Bonne remarque. Et deuxio ?

– Sur les photos en question, on reconnaît notre témoin de tout à l'heure, Poirier, avec une personne qui doit être sa femme. Et puis il y aussi la victime, mais suivant les années, ce n'est pas la même femme qui l'accompagne.

– Ah le coquin ! Faites voir…

Chappaz compila les albums et les reclassa par année.

– J'ai une explication vraisemblable, Giraud. Jusqu'en 1998, c'est une blonde. Pas mal, soit dit en passant. Et puis, entre 1999 et 2002, c'est une rousse. Très bien aussi, du reste. Il me semble bien que Poirier nous a dit que son associé avait divorcé il y a douze ans. Nous sommes en 2010, cela fait le compte : la blonde, jusqu'en 1998, ce devait être sa légitime, puis, après le divorce, une copine. En revanche, jusqu'en 1999, Poirier et sa femme sont toujours présents sur les photos. De 2000 à 2002, il y a la rousse toute seule, ou lui et elle.

– Vous avez raison. Il faudra demander demain à Poirier qui est qui. Et vous, dans votre pile ?

– C'est pareil, la mer bleue, les palmiers, la femme blonde, Poirier et sa femme, et d'autres couples. Des amis, certainement. S'il faut interroger tout ce petit monde, on n'a pas fini. Bon, nous allons prendre ces albums et l'ordinateur. Vous avez réussi à le faire parler ?

– Moi non, mais Lenègre sera là demain. Il va y arriver, lui. Et vous, chef? Qu'avez-vous trouvé ?

– De mon côté, j'ai remonté cela de la cave. Un dossier « archives du garage ». Comme nous y allons demain, cela va nous faire un peu de lecture pour ce soir.

– Vous pensez qu'il faut tout retourner ?

– Non. Ordonné comme il avait l'air de l'être, Georges Dumez n'avait certainement pas besoin de planquer un document dans son matelas. Soit il gardait l'information dans son ordinateur, ou dans le coffre d'une banque, ou, mieux encore, dans sa tête. Cela ne servira à rien d'arracher les tapisseries et d'éventrer les oreillers. Par acquit de conscience, vous allez vérifier ce que j'ai inspecté et réciproquement. On se retrouve dans une demi-heure et on va peut-être aller manger et se coucher, qu'en pensez-vous ?

Ainsi fut fait. Le complément de recherche ne donna rien de plus, et les deux hommes purent rentrer chez eux. Chappaz avait pris avec lui les différentes pièces. Il conclut la journée :

– Dormez bien, Giraud, et ne rêvez pas trop de la voie William. Rendez-vous au garage de l'Europe demain, à 7 h 15 précises. De mon côté, je vais jeter un coup d'œil à ces archives.

6

Il régnait une atmosphère surréaliste au garage de l'Europe lorsque Chappaz et Giraud y arrivèrent. La nouvelle de la mort de Georges Dumez avait fuité, de nombreux grimpeurs n'ayant pu accéder la veille à la voie William. Comme, par ailleurs, Jean Poirier avait été aperçu en compagnie des gendarmes, il se racontait tout et n'importe quoi.

– Alors comme cela, monsieur Georges est mort ?

– Il paraît que c'est un accident !

– Mais non, c'est un meurtre, je te dis !

– Tu crois que c'est l'autre qui l'a tué ?

– N'importe comment, il était avec les gendarmes.

– Mais tu es sûr que c'est lui qui est mort ?

– Tu as vu ? Il y a du monde dans le bureau de direction.

Effectivement, Jean Poirier était arrivé le premier, après une nuit blanche. Pressentant l'atmosphère présente, il s'était isolé dans son bureau.

La pagaille était complète. Des clients attendaient d'être réceptionnés, mais le personnel présent les ignorait complètement. Chappaz glissa à Giraud :

– Notre présence ne va pas calmer le jeu, pourtant il faut qu'on avance. Je pense que Poirier est déjà là depuis un moment, si j'en crois la lumière dans le bureau là-haut.

Allons le rejoindre et je vais lui demander de mettre tout le monde au boulot !

Le colonel franchit la porte de l'atelier, personne ne se souciant vraiment de lui demander qui il était. Il croisa aussitôt Jean Poirier, qui descendait du bureau de direction. Les traits tirés, il l'accueillit néanmoins courtoisement.

– Vous êtes déjà là ? Vous ne perdez pas de temps, au moins ! Je vais vous recevoir, mais, d'abord, il faut que les gens regagnent leur poste de travail. Je vais leur parler.

– Complètement d'accord. Si vous pouvez aussi leur dire que nous sommes là et que nous allons les interroger. Bien sûr, nous vous voyons en premier.

– Restez avec moi, monsieur Chappaz, tant qu'à faire, je vais vous présenter, ainsi que monsieur Giraud.

Chappaz apprécia cette attitude. C'était celle d'un patron qui voulait garder l'initiative dans son entreprise. D'autre part, elle témoignait d'une volonté de collaboration. Il suivit Jean Poirier.

Ce dernier commença par rassurer les clients qui faisaient la queue en voiture à la porte de l'atelier. Certains étaient déjà au courant, d'autres non. Puis, il rejoignit l'atelier, où il réunit le personnel et leur déclara :

– Comme vous le savez sans doute, un grand malheur vient de frapper notre garage. Georges Dumez – monsieur Georges – est mort hier. Il a été lâchement assassiné en montagne. Son meurtrier a pris la fuite, mais nous devons tout mettre en œuvre pour aider la gendarmerie à le retrouver. Le colonel Chappaz et le lieutenant Giraud, ici présents, sont parmi nous ce matin pour enquêter, tenez-vous à leur disposition. Pour l'instant, je vous demande de gagner vos postes de travail. Des clients attendent. Si monsieur Georges était là, c'est ce qu'il vous demanderait de faire immédiatement. Je vous remercie.

Jean Poirier clôtura le discours en gagnant son bureau. Tout en le suivant à distance, Giraud souffla à Chappaz :

– Bien, le discours ! En voilà un qui sait commander !

– Effectivement, il pose les choses comme il convient. Cela dit, nous ne sommes guère plus avancés qu'hier : une victime, une arme et pas de mobile bien clair. Il va falloir interviewer tout le monde, mais faut-il encore savoir dans quelle direction aller. Enfin, on va bien voir...

– Au fait, chef ! Le corps, vous allez le faire autopsier ?

– Oui, c'est prévu. Mais j'attends davantage de l'examen du PC et du téléphone de la victime. Je les ai laissés au PGHM et j'espère que Lenègre va en tirer quelque chose. Idem pour l'arme du crime et les échantillons de sang que vous avez prélevés.

– Et les archives, chef ? Vous en avez tiré quelque chose ?

– Rien de probant. C'est effectivement une affaire saine, avec de bons bilans. Pas de dettes, des salaires de dirigeants raisonnables, manifestement, ce sont des gens sérieux et bosseurs.

Les trois hommes étaient arrivés au bureau de direction. Rien de luxueux, contrairement à ce qu'ils avaient déjà rencontré chez certains commerçants qui se sentent obligés de pavaner comme des ministres dès qu'ils ont gagné trois sous. Une pièce sobre avec deux bureaux et des classeurs. Cela sentait le travail. Une porte communiquait avec le bureau de la secrétaire. Justement celle-ci arrivait. Une jolie rousse aux yeux verts d'une quarantaine d'années. Sa démarche volontaire et son maintien témoignaient d'un caractère bien trempé. Chappaz et Giraud reconnurent aussitôt la rousse de l'album photo et s'adressèrent un signe d'intelligence.

– Bonjour Jean, bonjour messieurs ! C'est affreux ! qu'est-ce qui…

Jean l'interrompit :

– Bonjour Sylvie. Tu en sais autant que moi. Je te présente le colonel Chappaz et le lieutenant Giraud. Nous allons être occupés un bon moment. Sois gentille, prépare-nous trois cafés et fais le barrage. Je verrai les gens plus tard.

Chappaz intervint :

– Nous connaissons les nécessités d'une entreprise, monsieur Poirier. S'il y a une urgence, ne vous gênez pas pour nous. Comme vous l'avez dit, le travail doit reprendre normalement.

Ce n'était pas anodin de la part du colonel. Ils avaient déjà recueilli la déposition de Jean Poirier et, en restant tous les trois, ils allaient obtenir la même chose. Alors que des détails saisis sur le vif pouvaient apporter un éclairage nouveau.

Tandis que la secrétaire descendait, les trois hommes s'installèrent et Chappaz enchaîna :

– Parlez-nous du garage, monsieur Poirier.

– Tenez, un court schéma vaut mieux qu'un long discours ; vous avez la carte de notre secteur derrière vous. Nous nous trouvons dans l'établissement d'origine, marqué un sur la carte à Meylan, que nous avons repris il y a vingt ans. Par la suite, nous avons ouvert l'établissement deux, ici, à Seyssinet. Dans trois mois, nous devons ouvrir le numéro trois, là, à Voiron. Nous avons six agents, repérés par les points jaunes sur la carte. La société compte quarante-neuf personnes : huit vendeurs, trois secrétaires, quatre personnes à la compta, trente-deux personnes à l'atelier et aux pièces de rechange, et deux directeurs, enfin plus qu'un seul maintenant…

– Cela représente combien de voitures ?

– Neuf cents neuves et autant d'occasions.

– Combien de cadres pour réaliser tout cela ?

– Trois. Un chef d'atelier, un responsable véhicules d'occasion et un qui supervise l'établissement Sud. Nous devons embaucher un cadre supplémentaire et plusieurs collaborateurs pour faire tourner le nouveau garage, à Voiron.

– Si je regarde la carte, vous avez déjà un agent là-bas. Pourquoi y ouvrir votre troisième garage ? Vous lui en voulez ?

Poirier eut un sourire amusé.

– Les choses ne se sont pas faites dans cet ordre, monsieur Chappaz. Cela fait cinq ans que nous prévoyons d'ouvrir un établissement pour couvrir ce secteur. Cet agent nous a rejoints il y a un an et l'a demandé. Nous l'avons bien évidemment prévenu de notre intention, et nous lui avons suggéré de s'installer à Saint-Laurent-du-Pont, où il n'y a personne. Mais il n'a rien voulu savoir, et il a ouvert à Voiron. Pour autant, cela ne va pas changer notre politique.

– Et maintenant que l'ouverture de votre point de vente se précise ?

– En apparence, il fait le beau, en disant que cela ne va rien changer pour lui. Mais je sais par ses collègues qu'il panique.

– Et alors ?

– Je pense que le soleil peut luire pour tout le monde. Maintenant, avec la mort de Georges, il va falloir que je m'organise pour l'ouverture de ce garage. Déjà qu'à deux, l'on n'était pas de trop, mais tout seul…

– Vous voulez dire que cette ouverture est compromise ?

– Monsieur Chappaz ! Laissez-moi le temps de me retourner. Les événements datent d'hier !

– Bien sûr, bien sûr. Cela dit, vous avez bien dû y penser depuis hier, et même avant : s'il arrivait quelque chose à l'un d'entre vous, qu'allait faire l'autre ?

– Nous sommes un peu jeunes pour parler succession ! Maintenant, il va falloir que je trouve quelqu'un capable d'assumer les tâches de Georges, soit en interne, soit à l'extérieur. Mais, dans les deux cas, cela pose plein de questions. D'autre part, si Georges est célibataire sans enfant, il a une sœur. Il va falloir la prévenir.

– Vous la connaissez ?

– Non. En vingt ans, j'ai dû la voir une fois.

– Vous m'avez dit hier qu'elle était en Normandie. Que fait-elle ?

– Je crois qu'elle tient une grosse pharmacie à Rouen, avec son mari.

– Vous l'avez prévenue ?

– Pas encore ! Je ne voulais pas le faire sans vous en parler.

– Je vais gérer cela aujourd'hui. Continuons sur le garage. Comment vous répartissiez-vous le boulot tous les deux ?

– C'est simple. Georges s'occupait du commercial, et moi de l'après-vente. Comme vous le voyez, notre bureau était commun, comme cela chacun d'entre nous savait ce qu'il se passe.

– Et côté ambiance avec le personnel ?

– Boulot boulot. Quelqu'un qui bosse a toute sa place et gagne bien sa vie. Les fainéants, les malhonnêtes ne restent pas.

– Il y a eu des licenciements dernièrement ?

– Oui, comme dans toute entreprise.

– C'est-à-dire ?

– Nous avons dû nous séparer du chef d'atelier, il y a six mois. C'était un brave garçon, ancien mécano et très pointu techniquement, mais il n'a pas su gérer correctement son atelier. Trop gentil avec ses ex-collègues, la rentabilité n'était pas au rendez-vous. Je lui ai fait confiance en lui donnant cette promotion, mais j'avoue que je me suis trompé. Avec le nouveau, cela va beaucoup mieux.

– Comment cela s'est passé ?

– Son licenciement ? Pas bien. Le ciel lui est tombé sur la tête, et il n'a pas compris ce qu'on lui reprochait.

– Qu'est-il devenu ?

– Aux dernières nouvelles, il cherche toujours du travail comme chef d'atelier…

– Il va trouver, selon vous ?

– Comme chef d'atelier, non. Comme mécanicien expert, il trouvera rapidement. Mais cela suppose qu'il s'asseye sur sa fierté…

– Il doit avoir la haine, non ?

– Peut-être. Il faut surtout qu'il comprenne la limite de ses compétences. Vous savez, dans la vie, il n'y a pas de cons, il n'y a que des gens qui ne sont pas à leur place.

– Comment il s'appelle, cet ex-chef d'atelier ?
– Franck Tanguy.
Sylvie fit son entrée en apportant les cafés.
– Tout le monde est au boulot, Sylvie ?
– Cela papote, Jean. Mais les clients ont été réceptionnés. Il y a les vendeurs qui demandent si tu vas les réunir ce matin, comme le fait Georges tous les lundis.
– C'est vrai. Dis-leur que non pour aujourd'hui. Il y a des commandes à passer ?
– Oui, il y en a six. Ou plutôt, non, cinq, j'en ai refusé une.
– Pourquoi ?
– Il manquait une pièce d'identité.
– Ah... Autre chose ?
– Oui, il y a Derogy qui a téléphoné pour râler sur une commission. Je lui ai dit qu'on le rappellerait plus tard.
– Tu lui as dit, pour Georges ?
– Il le savait déjà !
– C'est bien, le téléphone arabe ! Autre chose ?
– Il y a Dumoulin qui est venu chercher des pièces. Il voulait te parler, mais j'ai fait le barrage. Il a laissé son chèque et il a pris ses pièces. Il te rappellera.
– Tu as bien fait, merci, Sylvie.
Chappaz attendit que Sylvie ait quitté la pièce pour s'étonner.
– Si j'ai bien compris, tout le monde dit « monsieur Jean » ou « monsieur Georges ». Mais votre secrétaire, elle vous dit Jean et elle vous tutoie ?
– C'est l'exception. Quand nous avons repris le garage, il y a vingt ans, elle était là dès le départ et, surtout, elle travaillait avec Georges et moi dans la même concession,

auparavant. Nous en sommes partis ensemble et avons ouvert ici ensemble. Et puis…

Jean Poirier marqua un silence embarrassé. Chappaz et Giraud se pincèrent les lèvres en attendant la suite.

– Et puis ?

– Elle a été l'amie de Georges. C'est pour cela qu'il a divorcé.

– Effectivement, je comprends. Reprenons les départs de l'entreprise, à part le chef d'atelier, qui d'autre ?

– Il y a eu le responsable VO, il y a deux ans. Georges l'a viré dans l'heure.

– Pourquoi ?

– Il trafiquait avec des marchands.

– C'est-à-dire ?

– Le grand classique des marchands. Ils achètent un lot de voitures, pour 40 000 euros par exemple. Et puis, au moment de finaliser, ils disent au responsable VO : « Il y a 35 000 pour ton patron et 5 000 pour toi. » Après, ils le tiennent et le font chanter sur les prix. Souvent cela marche, jusqu'au jour où l'on découvre le pot aux roses.

– Il est devenu quoi, ce monsieur ?

– Un autre grand classique. Il s'est installé comme marchand au bord de la route nationale.

– Comment s'appelle-t-il, lui ?

– Pinto. José Pinto.

– J'imagine que vous n'avez plus de relations avec lui…

– Commerciales, certainement pas. Cela dit, si je le croise en ville, je le salue, et réciproquement. Il n'a pas fait de difficulté pour partir. Il a joué, il a perdu.

– D'autres licenciements un peu hard ?

– Non. Comme dans toute affaire, il y a du turnover, notamment chez les vendeurs. Cela va et vient, dans ce milieu. Aujourd'hui, nous avons trois jeunes. Mais je reviens sur le cas de Tanguy et Pinto. J'ai bien compris le sens de votre question par rapport au meurtre de Georges. Ils ont quitté l'entreprise dans des conditions conflictuelles, c'est vrai. Tanguy aurait prononcé des paroles regrettables…

– Des menaces ?

– Directement, non. Il m'a été rapporté « qu'il se vengerait ». Mais de là à assassiner Georges ! Le mieux est que vous alliez le voir, vous vous ferez votre opinion.

– C'est bien mon intention, monsieur Poirier. Et les autres agents ?

– RAS. Nous avons des relations de travail classiques. L'un d'entre eux, Dumoulin, connaît des difficultés financières…

L'entretien fut interrompu par des éclats de voix dans le bureau voisin. Sylvie avait manifestement maille à partir avec quelqu'un. Jean Poirier se leva.

– Excusez-moi, mais il faut que j'intervienne.

Il avait à peine terminé sa phrase que Sylvie apparut dans l'encadrement de la porte. On devinait derrière elle la présence d'un homme très jeune, passablement agité.

– Que se passe-t-il, Sylvie ?

– Il se passe que môssieu Julien fait un scandale et veut vous voir absolument. Je lui ai dit que ce n'était vraiment pas le moment, mais il envahit mon bureau et m'empêche de travailler.

– Approchez-vous, Julien, que se passe-t-il ?

Julien fit son entrée. Costard, cravate, on sentait le vendeur baratineur, très jeune et sans doute encore un peu timide. Il était rouge d'énervement.

– Il se passe que madame Sylvie fait du zèle, comme à son habitude, et refuse ma commande.

– Il doit y avoir une raison, non ?

– La belle affaire ! Il manque la pièce d'identité de la femme du client ! Je les ai appelés, j'apporte le document à 14 heures ! Elle peut bien la passer, la commande ! Mais non ! C'est à croire qu'elle m'en veut.

– Pas de jugements de valeur, Julien ! Et qu'est-ce que cela change si on la passe demain, quand le dossier sera complet ?

– Cela change que je rate le challenge que monsieur Georges avait mis en place et qui se termine avec la rentrée d'aujourd'hui. Cette commande, je l'ai prise à l'arrache samedi, à 22 heures. Pendant ce temps-là, Sylvie, elle est devant sa télé !

– Cela suffit, Julien ! Quel est l'enjeu pour vous ?

– Une prime de 500 euros…

– OK. Laissez-moi le dossier et retournez à vos affaires tous les deux. Sylvie, vous aurez ma réponse dans un quart d'heure.

Tandis que les deux protagonistes quittaient le bureau avec un regard qui en disait long sur leur ressentiment respectif, Jean prit à témoin les deux policiers :

– Vous voyez, la vie d'un garage, c'est souvent cela. Gérer les conflits, ne rien laisser déraper. Bref, il faut être là. Et ça, c'est typiquement le genre de problème que Georges gérait. Je ne sais pas encore comment je vais m'organiser. Bon, je vais lui passer sa commande, à ce gamin. Sylvie !

La secrétaire refit son entrée, l'air important.

– Sylvie, tu passes cette commande ce matin.

– Mais enfin, Jean…

– Sylvie, tu lui passes sa commande. Je préfère que Julien démarre la semaine avec le sourire plutôt que le moral dans les chaussettes.

– Pardonne-moi de te dire cela, Jean, mais je pense que Georges…

Jean s'empourpra aussitôt.

– Ce n'est vraiment pas le moment de le prendre à témoin pour une bricole comme cela ! Tu passes cette commande et on n'en parle plus !

Sylvie quitta le bureau en fermant la porte un peu fort. Manière de manifester sa colère sans toutefois la claquer…

Chappaz reprit la discussion.

– Dites-moi, elle a l'air d'avoir un sacré carafon, votre secrétaire !

– C'est son défaut. Elle bosse beaucoup, mais elle est perfectionniste. Au point que cela peut devenir contre-productif. Je regrette d'avoir dû la recadrer devant vous, mais je n'avais pas le choix.

– Effectivement. Mais je trouve qu'elle s'attribue des pouvoirs plutôt librement. Concernant cette malheureuse commande, est-ce qu'elle n'aurait pas dû vous demander la conduite à tenir plutôt que de décider de la mettre de côté ?

– Bien sûr que si. Mais elle outrepasse ses prérogatives, c'est son gros défaut.

– Cela arrive malheureusement dans toutes les entreprises où le patron prend sa secrétaire comme maîtresse ! Cela ne devait pas être drôle pour vous tous les jours, pas vrai ?

– Oui et non, elle n'intervient jamais dans mon domaine technique, justement parce qu'il est technique. De toute façon, Georges et elle sont restés ensemble quatre ans après son divorce, et puis, pour je ne sais quelle raison, leur liaison s'est arrêtée.

– Et alors ? Cela a dû peser sur l'ambiance ?

– Pas trop. Au travail, leurs relations sont restées strictement professionnelles. Comme avec moi. En revanche, Georges a traversé une période de déprime où il a eu un comportement bizarre…

– C'est-à-dire ?

– D'un côté il s'abrutissait dans le travail. Il pouvait faire des journées de dix-huit heures ! Et puis, d'un coup, il me prévenait qu'il s'absentait deux jours. Ou bien il faisait un dégagement le soir et arrivait le lendemain à 11 heures, pas trop net. Je le soupçonne d'avoir pas mal picolé à l'époque, voire…

– … de s'être drogué, peut-être ?

– Peut-être, pas sûr. Il a surtout fait la java. Alors qu'avant, et après, je l'ai toujours vu boire de l'eau à table. La drogue, inconnue au bataillon.

– Vous dites « après », cela signifie que cette période de noceur a duré combien de temps ?

– Dix-huit mois à deux ans.

– Comment faites-vous pour avoir un repère aussi précis ?

– C'est très simple, c'est en 2004 qu'il s'est mis à faire de la montagne avec moi. Avant, il n'y allait jamais. Un peu de ski l'hiver, c'est tout.

– Bon, si on reprend la chronologie, votre associé divorce en…

– 1998.

– D'accord, sa liaison avec la secrétaire va jusqu'en…

– 2002 environ.

– D'accord, ensuite, il pète les plombs jusqu'en 2004, c'est bien cela, et là il redevient… normal. Vous pouvez nous en dire un peu plus ?

– Guère plus. Un beau jour, il m'a dit : « Jean, je viens de traverser une période difficile, mais maintenant c'est fini, cela va aller. J'aimerais bien qu'on fasse quelques sorties en montagne ensemble. » C'est tout. C'était à la fin du printemps 2004. Dès le mois de juillet, nous avons commencé à faire des sorties. Je lui ai transmis ce que je connaissais de la montagne et, très rapidement, il a atteint un bon niveau. C'est pour cela que je le laisse grimper en tête depuis plusieurs années. Côté boulot, il était redevenu une bête de travail. Et côté hygiène de vie, un vrai chameau.

– Vous avez une idée de ce qui a pu se passer pour provoquer un tel changement de comportement ?

– Pas la moindre. Il y a eu le décès de ses parents, mais ce n'était pas une surprise, et il l'a bien géré. Une ou plusieurs déconvenues amoureuses peut-être. Georges n'était pas bavard, vous savez. Ce que je peux vous assurer, c'est qu'il n'y a eu aucun problème majeur au garage, financier ou autre, pendant toute cette période.

Chappaz sortit les albums.

– Bien. Monsieur Poirier, tout ceci corrobore les éléments que nous avons déjà. Nous avons quelques questions complémentaires. Qui est cette personne ?

Jean Poirier marqua le coup.

– Je vois que vous aviez déjà les réponses aux questions que vous allez me poser… Bon, là, c'est la femme de Georges avant leur divorce.

– Celle qui s'est remariée avec le docteur Duchemin ?

– Exactement. Là, c'est mon épouse, et là, pas besoin de vous présenter, c'est Sylvie.

– Et ces personnes, là ?

– Des gens que nous avons rencontrés au Club Med à La Réunion. Vous savez ce que c'est, on sympathise le temps d'un séjour, on échange les adresses, et puis après on ne se voit plus.

– Je vois. Et les autres personnes que l'on voit de-ci de-là c'est la même chose, ou bien ce sont des amis avec qui vous partiez ?

– C'est pareil. Nous partions régulièrement, Georges, moi-même et nos deux épouses. Les autres personnes que vous pouvez voir sont des gens que nous ne connaissons pas.

– Et tous ces beaux voyages, c'était où et quand ?

– Toujours l'hiver ou en demi-saison. L'été, le personnel est en vacances, donc les patrons restent au garage. Les destinations, c'était en général les tropiques : les Antilles, La Réunion, l'Indonésie, etc. Il y a sans doute des photos d'un voyage avec notre constructeur au Mexique.

– On vous voit sur les photos avec votre épouse jusqu'en 1999, et puis, après, il n'y a plus que Sylvie, ou Georges et elle, mais pas vous. Il y a une raison ?

– Oui. L'année suivant le divorce, mon épouse et moi avons continué le traditionnel voyage d'hiver et sommes repartis avec Georges et sa nouvelle compagne, Sylvie. Mon épouse ne l'appréciant pas outre mesure, nous n'avons pas renouvelé l'expérience. Ma femme est contre le divorce en général, vous savez. Du reste elle a gardé des liens avec la première femme de Georges, devenue madame Duchemin.

L'entretien fut interrompu par l'arrivée de Lenègre. Le colonel fit les présentations.

– Si vous pouvez nous prêter un bureau, nous allons nous réunir tous les trois et vous laisser travailler. Nous serons amenés à interroger quelques personnes au garage. Concernant la sœur de votre associé, je vais m'en charger, si vous pouvez me trouver son téléphone.

7

Les trois hommes s'étaient installés dans la salle de réunion mise à leur disposition. Le colonel Chappaz résuma la situation au nouvel arrivant, Lenègre. Puis il enchaîna :

– On a un peu de grain à moudre et on y voit plus clair qu'hier. Qu'est-ce que vous en pensez, Giraud ?

– Plusieurs choses. La première, c'est que Poirier se comporte en patron. Sa manière de s'adresser au personnel et de trancher les conflits me plaît. La seconde, c'est qu'apparemment, il ne nous raconte pas d'histoires. Ce qu'il nous a dit sur son associé correspond bien avec ce que l'on avait conclu après avoir vu les photos. La quatrième, c'est qu'il peut être intéressant d'entendre madame Duchemin, ex-Dumez, les dénommés Pinto et Tanguy. Et puis, surtout, essayer de comprendre ce qui s'est passé sur la période 2003-2004. Mon vieux Lenègre, on compte sur toi pour faire parler cet ordi !

Ce dernier s'empara du PC. Chappaz lui remit également le téléphone portable de Georges Dumez et reprit :

– Je vais interroger Sylvie, ça m'a l'air d'être un sacré numéro, celle-là ! Que je n'apprécie du reste pas plus que cela ! Et puis, ce sera intéressant d'aller faire un tour à l'atelier, savoir ce que la base pense de ses deux patrons... Puisqu'on est sur place, on va commencer par le commencement. Vous, Lenègre, vous ouvrez cet ordinateur, avec un ouvre-boîte s'il le faut. Les visites extérieures, Duchemin, Pinto, Tanguy et l'agent, on verra cela demain. Vous, Giraud, vous allez questionner l'atelier, moi, je m'occupe de Sylvie.

– Chef, tant qu'on y est, je vois d'autres points à examiner…

– Dites toujours.

– Qui peut profiter de la mort d'un des deux associés ? L'autre associé, on a déjà évoqué cette piste, mais il semblerait qu'elle ne soit pas la bonne ; Poirier paraît plutôt désemparé qu'autre chose, et c'est vrai qu'il s'y serait pris autrement s'il avait voulu éliminer Dumez. La sœur, héritière présumée ? A priori, elle a sa vie ailleurs et elle ne voyait son frère que très rarement. Qu'est-ce qui reste dans la vie quotidienne d'un concessionnaire ? Sur le plan professionnel : le personnel et les agents. Pour l'instant, on n'a parlé que d'un, pas des autres. Il faudra en tenir compte dans nos interrogatoires de cet après-midi. Et puis, cas extrême, si la concession disparaissait avec son concessionnaire, qui peut en profiter ? En général, le concessionnaire voisin. Voilà pour le plan professionnel. Pour les aspects personnels, on a peu de chose pour l'instant : une femme, un divorce, une maîtresse, une rupture…

– Vous parlez comme un livre, Giraud. Vous étiez concessionnaire auto avant de rentrer dans la gendarmerie ?

– Non, parce que j'y serais resté ! Mais j'en connais dans la famille proche.

– C'est bien vu, quoi qu'il en soit. Bon, il est 10 heures, on commence maintenant à les interroger, et on se retrouve à midi. Bon courage à tous les deux, moi je vais voir la dénommée Sylvie.

Ainsi fut fait. Lenègre s'isola avec l'ordinateur tandis que Giraud et Chappaz partaient enquêter, chacun de leur côté, après avoir prévenu Jean Poirier, lequel était plongé dans la lecture d'un document qui le rendait fort perplexe.

Interrogatoire du réceptionnaire par le lieutenant Giraud.

– Bonjour ! Je n'ai pas besoin de me présenter, puisque votre patron l'a fait ; vous savez qui je suis. J'ai quelques questions à vous poser…

– Et pourquoi vous vous adressez à moi particulièrement ?

– Parce qu'avec le poste que vous occupez, vous voyez tout ce qui se passe, pas vrai ? Mais, rassurez-vous, je verrai tout le monde. Au fait, comment vous appelez-vous ?

– Rivot. Alain Rivot.

– Cela fait longtemps que vous travaillez ici ?

– Cela va faire quatorze ans. J'ai commencé comme mécano, puis monsieur Jean m'a promu comme réceptionnaire, il y a quatre ans.

– Et qu'est-ce que vous pensez de ce qui s'est passé ?

Peu à l'aise face à un gendarme, le réceptionnaire se tenait sur ses gardes et était plutôt crispé.

– Rien de particulier. Que voulez-vous que j'en pense ?

– Quelles sont vos relations avec vos patrons ?

– Avec monsieur Jean, parfaites, c'est un homme d'après-vente. Avec l'autre…

– L'autre, c'est-à-dire monsieur Georges ?

– Oui, c'est cela. Avec monsieur Georges, on se comprend moins bien. Il pense surtout à vendre ses bagnoles, et après, le client, ce n'est plus son problème. Et quand on le défend, le client, il n'apprécie pas et il vous engueule. Même quand on a raison. Surtout quand on a raison !

– Dites donc ! Vous n'avez pas l'air de le porter dans votre cœur ! Notez bien, maintenant qu'il est mort, il ne vous engueulera plus !

Giraud adorait procéder ainsi pour faire sortir les gens de leur réserve.

– D'une part, il ne m'engueulera plus, et, d'autre part, je vais y voir clair par rapport à ma situation.

– C'est-à-dire ?

– On doit ouvrir un troisième garage à Voiron, dans quelques mois. Et les deux patrons ont un point de vue différent en ce qui me concerne. Monsieur Jean, il veut me passer cadre et me nommer responsable de ce nouveau garage, et l'autre, il ne voulait pas en entendre parler. Pas plus tard que vendredi dernier, il m'a reproché je ne sais quoi sur une broutille, alors que l'après-vente, ce n'est pas son rayon. Il voulait même me sanctionner. Je crois savoir que les deux se sont brassés à mon sujet vendredi soir. Vous savez, moi, ce n'est pas compliqué, je peux aller travailler ailleurs, ce n'est pas moi qui serai le plus emmerdé !

– Je comprends, je comprends. Et qu'est-ce que vous allez faire ?

– Aller voir monsieur Jean pour savoir ce qu'il compte faire pour finir. Mais là, le pauvre, je lui fous la paix, il a d'autres choses à penser !

– Vous avez raison de laisser passer quelques jours, et puisque vous y revenez, je vous repose la question : qu'est-ce que vous pensez du meurtre de monsieur Georges ? Il avait des ennemis dans le garage, ou dans la profession ?

– Vous savez, quand on est concessionnaire, on n'a pas que des copains. Ce n'est pas un milieu de gonzesses...

– Je sais, je connais un peu, mais encore ? Personne ne s'est fait virer, récemment ?

– Il y a bien l'ancien chef, Tanguy, qui est parti. Mais c'était justifié. Il n'était pas à la hauteur. En même temps, c'est un gentil garçon. Il serait incapable de faire du mal à une mouche, si c'est ce que vous pensez.

– Cela s'est passé comment ?

– On est rentré à peu près en même temps. Tous les deux comme mécanos. Quand l'ancien chef d'atelier est parti en retraite, monsieur Jean a pensé à lui pour le remplacer. Il faut dire que c'était un excellent mécano. Mais, rapidement, cela a été la cata : des litiges avec les experts, des factures pas encaissées, le rendement à la cave, et je vous en passe. Il s'est fait virer.

– Et il l'a pris comment ?

– Mal. Il a même gueulé un peu trop fort. Mais comme je vous dis, je le connais, si vous pensez qu'il s'est vengé, je vous dis non.

– Il fait de la montagne ?

– Comme beaucoup de monde ici, je pense. Mais encore une fois...

– J'ai bien compris. Et avec les agents, cela se passe comment ?

– Bien avec tous, sauf un qui ne paie pas, le garage Dumoulin. Alors, forcément, on ne le livre pas. Sauf s'il vient avec un chèque, comme ce matin. Dans l'automobile, cela arrive, mais cela complique les relations.

– Je vois. Donc, pour résumer, vous ne connaissez pas d'ennemi à Georges Dumez ?

– Sur le plan professionnel, non. Et sa vie personnelle, je ne la connais pas.

Giraud prit congé et alla boire un café sur le parking. Il y retrouva deux vendeurs du garage, le jeune Julien vu précédemment, et un de ses collègues, qui faisaient la pause café-cigarette. Bien qu'il se tînt à distance, il entendit leur conversation. Julien était remonté comme un coucou et racontait l'incident de la commande à l'autre dans le langage fleuri des vendeurs :

– T'imagine pas qu'elle voulait me refuser la commande, cette salope ! Heureusement que monsieur Jean est passé derrière ! Déjà qu'elle se prenait pour la patronne parce qu'elle a couché avec monsieur Georges, qu'est-ce que ça va être maintenant !

– T'inquiète pas ! Monsieur Georges, c'était fini depuis longtemps, et puis elle l'a remplacé plusieurs fois ! Dans le garage notamment !

– T'en sais des choses, toi ! Qu'est-ce que tu as vu ?

– Ah ! Ah !

– Allez, accouche, j'étais au courant pour l'ancien vendeur que j'ai remplacé, ainsi que le responsable pièces de rechange…

– Tu peux rajouter le chef d'atelier qui s'est fait virer, et à peu près tous les mécanos ! Pour faire simple, tout le monde sauf l'autobus, monsieur Jean et moi. Le conseil que je peux te donner : n'y touche pas, c'est une garce !

– Je n'avais pas besoin de toucher pour le savoir, mais merci du conseil quand même !

Leur cigarette terminée, les vendeurs rejoignirent le hall d'exposition. Giraud resta deux minutes pour finir son café en méditant sur la manière dont les réputations se construisent en entreprise, ainsi que sur le côté plutôt machiste du milieu automobile.

Interrogatoire de Sylvie par le colonel Chappaz.

– Tenez, je vous ai rendu service ; voici les coordonnées de la sœur de ce pauvre Georges. Cela n'a pas été facile, mais enfin, je me suis débrouillée pour les retrouver.

Cette façon de se mettre en avant agaça plutôt Chappaz, toutefois il remercia Sylvie.

– Vous la connaissez, cette madame Gendron ?

– Non, pas du tout. Elle a dû venir au garage une ou deux fois en vingt ans, chaque fois en coup de vent sur la route des vacances. Elle n'appelle jamais. En tout cas, pas ici.

– OK, il m'appartient de la prévenir. Mais au préalable, j'aurai quelques questions à vous poser, madame Rivolet.

– Oh ! appelez-moi Sylvie, minauda-t-elle.

Chappaz avait suffisamment flairé la donzelle pour éviter toute familiarité.

– Si cela ne vous ennuie pas, je préfère madame Rivolet. Parlez-moi des rapports entre vos deux patrons.

La question avait le mérite d'être sans détours. Un peu décontenancée, Sylvie essaya de gagner du temps.

– Qu'est-ce que vous voulez dire exactement ?

– Ils s'entendaient bien ? C'était le tandem parfait ?

– On va dire qu'ils se complétaient bien. Tant que chacun s'occupait de sa partie, il n'y avait aucun problème. En revanche, dès qu'il prenait position sur le domaine de compétences de l'autre, il y avait des frictions. Tenez, par exemple, la commande de ce matin, Georges ne l'aurait jamais passée, ça lui aurait appris à vivre, à ce petit jeune ! c'est pour cela que…

– Oui, j'ai bien vu. Mais ce n'est qu'un petit incident. Vous avez de l'ancienneté, et vous êtes au contact de la direction depuis le début, que voyez-vous comme sujet de désaccord profond ?

Cette question de fond était posée avec la petite dose de flatterie qui permettait à Sylvie de se sentir importante. Elle prit la pose de quelqu'un qui réfléchit un moment avant de répondre.

– Je vous dis, globalement, chacun laissait à l'autre la gestion totale de sa partie : Georges, le commercial, et Jean, l'après-vente. Sur la gestion financière, ils étaient d'accord sur tout. Il n'y a que sur la gestion du personnel que…

– Oui, mais encore ?

– Comme ils ne fonctionnent pas pareil, ils n'étaient pas toujours d'accord. Tenez, pas plus tard que vendredi dernier, ils se sont engueulés.

– Comment le savez-vous ?

– Comme je dis toujours, dans la vie, on peut fermer les yeux. Les oreilles, c'est plus dur ! Cela s'est passé dans le bureau à côté, mais cela a suffisamment clashé pour que j'entende tout, même si ce n'est pas mon genre d'écouter aux portes !

Le colonel garda pour lui les doutes qu'il avait sur cette prétendue discrétion et poursuivit :

– Et c'était quoi, le point de désaccord ?

– Le choix du responsable de notre futur garage, à Voiron. Jean veut donner sa chance à notre réceptionnaire, Alain Rivot. Georges ne voulait pas en entendre parler. Entre nous, il a raison ! Quel boulet, ce Rivot !

– Je vois que vous avez des avis sur toute question, madame Rivolet ! Et alors, comment cela s'est terminé ?

– Eh bien, ils se sont engueulés un bon moment, chacun avançant ses arguments. Jean disant qu'il fallait promouvoir les gens fidèles et leur donner leur chance, et Georges affirmant que le nouveau garage fermerait au bout de six mois avec un tel chef. Au bout d'une demiheure, Georges est parti en disant qu'ils en reparleraient lundi, c'est-à-dire aujourd'hui. Malheureusement...

– Oui, malheureusement. Vous étiez au courant qu'ils devaient faire une sortie ensemble, ce week-end ?

– Je l'avais vaguement entendu pendant la semaine, entre deux portes. Ils consultaient la météo et s'en parlaient. Mais je vous avouerai que cela ne m'intéresse pas. La montagne l'été, ce n'est pas mon truc. Surtout l'escalade, j'ai le vertige.

– Bon d'accord. Mais vous saviez précisément où ils allaient ?

– Je crois que c'est une voie d'escalade qui porte un nom de poire. Comice ou quelque chose comme cela. Vous savez, moi, je les mélange toutes, ces montagnes !

– Quelqu'un d'autre au garage peut-il le savoir, selon vous ?

– Je n'en sais rien. Demandez à Jean, c'est le meilleur moyen.

– Selon vous, Georges Dumez avait-il un ennemi ? Un ennemi mortel ?

– Oh ! vous savez, je ne le connaissais pas au point de…

– Vous l'avez bien connu, tout de même !

Sylvie piqua un fard

– Ah bon, vous êtes au courant…

– Oui, je sais que vous avez été ensemble un certain temps. Jusqu'en 2002 c'est cela ?

– Et comment vous le savez ?

– Le rôle de la gendarmerie est de tout savoir, madame Rivolet. Rassurez-vous, ce n'est pas Jean Poirier qui est allé me le raconter. Parlez-moi plutôt de cette liaison, du début à la fin. Cela restera entre nous.

– J'ai mon jardin secret, vous savez…

Chappaz haussa le ton.

– Écoutez madame Rivolet, je ne vous demande pas de détails intimes. Nous avons un meurtre à élucider. Vous connaissiez très bien la victime, tant sur le plan personnel que professionnel. Dites-moi simplement si vous lui connaissez des ennemis.

– Comme cela, je ne vois pas…

– Il paraît que cela s'est mal passé, avec l'ancien chef d'atelier, qu'il y a eu des menaces…

– Avec Franck ? Oui, bien sûr, cela s'est mal passé. Mais là, les deux patrons ont bien été d'accord sur le fait de le renvoyer. S'il en veut à quelqu'un, ce peut être autant à l'un qu'à l'autre. Et puis, ses paroles ont dépassé sa pensée…

– Ses paroles ? Quelles paroles ?

– Quand il est venu chercher son solde de tout compte, il a dit des trucs du genre « on se retrouvera » ou « cela ne va pas rester comme ça ». Mais il était sous le coup de la colère. C'est un brave garçon, incapable de faire du mal à une mouche. Je ne le vois pas tuer quelqu'un, surtout comme cela, à froid, plusieurs mois après.

C'était la deuxième fois qu'elle donnait son avis. Plutôt que de le lui faire remarquer, Chappaz y alla au bluff et essaya de la déstabiliser.

– Vous le revoyez quelquefois ?

Sylvie rougit à nouveau.

– Oh, comme cela, un coup de fil pour prendre des nouvelles, pour savoir s'il a retrouvé quelque chose.

Manifestement, la réalité devait aller au-delà de cette déclaration. Chappaz le nota mais n'insista pas.

– Et à part ce Franck, vous qui avez vécu quatre ans avec Georges Dumez, qu'est-ce que vous voyez d'intéressant à signaler ?

– Rien. On bossait, vous savez. On se payait juste un beau voyage par an. C'est tout. Le reste, c'était boulot boulot. Il était comme ça.

– Est-il indiscret de vous demander pourquoi cela s'est arrêté ?

– C'est effectivement indiscret. Mais je vais vous répondre. Georges et moi n'avions pas la même vision du futur.

– C'est-à-dire ?

– Il aurait voulu fonder une famille. Moi, ce n'est pas mon truc. D'un commun accord, nous avons rompu.

– Tout en continuant à travailler ensemble ?

– Oui. Au travail, rien de changé.

– Et comment a-t-il organisé sa vie à partir de ce moment ?

– Je sais qu'il a cherché à rencontrer d'autres femmes dans ce but précis. Mais il n'a pas trouvé. Alors, il a renoncé.

– Cela l'a déstabilisé ?

– Pendant un temps, oui. Il était un peu bizarre par moments. Mais je n'ai pas approfondi. Chacun sa vie, pas vrai ?

– Et vous, quand vous n'êtes pas au travail, vous faites quoi ?

– Pas de montagne, je vous l'ai dit. Je sors beaucoup. Je voyage pas mal avec des amis...

– Je vois, je vois. Je vais vous laisser travailler et appeler cette madame Gendron. Si un détail qui peut m'intéresser vous revient en mémoire, contactez-moi, bien sûr.

– Bien sûr, monsieur Chappaz.

Le colonel quitta Sylvie Rivolet avec le sentiment confus qu'elle lui cachait quelque chose, et rejoignit Jean Poirier.

Celui-ci était un peu plus blanc que le document qu'il tenait à la main.

– Vous m'avez l'air contrarié. Que se passe-t-il donc ?

– La grosse tuile. Je viens de recevoir un appel du directeur réseau de notre constructeur. Quelqu'un que l'on ne voit jamais, ou plus exactement, une fois dans sa vie, quand on signe le contrat de concession. S'il appelle, ce n'est pas pour vous demander l'heure…

– Et alors, pourquoi cet appel ?

– La nouvelle de la mort de Georges est déjà arrivée jusque-là. Il m'a appelé pour me dire qu'il était bien ennuyé, qu'il était obligé de résilier le contrat, qu'il fallait que je monte demain à Paris pour le rencontrer, qu'on allait voir… Le plus surprenant, c'est que ce soit lui qui ait appelé. D'habitude, pour tout ce qui touche au contrat de concession, les nouvelles, bonnes ou mauvaises, nous sont transmises par le responsable régional. Et je n'arrive pas à le joindre.

– Pourquoi cette résiliation ?

– C'est ce que je viens de vérifier sur notre contrat de concession. Celui-ci est *intuitu personae*, et c'était Georges le signataire. La résiliation est automatique en cas de décès du concessionnaire. Si cela se confirme, je n'ai plus qu'à fermer et licencier tout le monde !

– Mais cela doit arriver de temps en temps sans qu'on en arrive là, non ?

– Le plus souvent, un concessionnaire qui prend de l'âge prend ses dispositions. Il fait nommer son fils ou son associé avant de prendre sa retraite. Mais Georges et moi, nous étions loin de cette échéance.

– Selon vous, qui a prévenu votre constructeur ?

– Cela peut être un salarié ou un agent qui veut se rendre intéressant. Ou bien encore un concessionnaire voisin qui nous veut du bien…

Chappaz se remémora les propos de Giraud et se dit qu'il faudrait peut-être investiguer de ce côté aussi. Quel écheveau !

– De toute manière, votre affaire marche plutôt bien, d'après ce que vous m'avez dit. Votre constructeur a-t-il intérêt à vous remplacer ?

– Objectivement non. C'est exactement ce qu'il faut que je lui démontre demain.

– Pourquoi demain ?

– Parce qu'il me convoque demain à Paris. Je n'ai pas le choix. Cela marche comme cela, dans l'automobile, vous savez.

– Et qu'est-ce que vous allez lui dire ?

– Il faut que je lui démontre que les performances vont rester les mêmes. Que je vais m'organiser pour remplacer Georges dans ce qu'il faisait. Que financièrement, il n'y a aucun problème. Bref, que je lui présente un plan d'action, ils aiment bien cela. J'ai la journée et la nuit pour le faire. Au fait, vous avez pu contacter sa sœur ?

– Non, pas encore, j'allais le faire. Pourquoi ?

– Cela peut être une difficulté pour moi demain. Normalement, elle va hériter des parts de Georges, puisqu'il n'a pas d'autre famille. Elle peut vouloir les garder et me laisser gérer la concession. Elle peut aussi vouloir les vendre. Mais à qui ? Et combien ?

– Je comprends votre inquiétude. Maintenant, je ne peux pas à la fois lui annoncer la mort de son frère au téléphone et lui demander de répondre à ce genre de questions en cinq minutes !

– Bien sûr. Je vais essayer de gagner du temps là-dessus, et leur demander de me laisser un délai pour déterminer avec madame Gendron ce qu'elle compte faire.

– À votre connaissance, votre associé avait-il rédigé un testament ?

– Pas que je sache. Ce n'est pas le genre de chose que l'on fait à quarante-cinq ans.

– Si cela ne vous ennuie pas, je vais le vérifier auprès de son notaire. J'ai trouvé un nom dans ses papiers. Maître Leroyer, c'est bien cela ?

– Je crois que c'est cela. Je ne l'ai vu qu'une fois lors de la création de la société, il y a vingt ans, mais pas depuis. Si vous l'appelez, il saura vous le dire ; tout testament passé devant notaire est enregistré dans un fichier national centralisé. De toute façon, j'ai besoin de cette information pour demain. On va l'appeler tout de suite.

Jean trouva rapidement le numéro de maître Leroyer dans les pages jaunes. Il tomba sur un répondeur l'invitant à renouveler l'appel dans l'après-midi. Chappaz commenta :

– Je vous laisse préparer votre réunion. Je vais appeler madame Gendron et faire le point avec mes deux collègues. On se revoit après le déjeuner. Une dernière chose. Vous vous êtes disputés avec votre associé, vendredi ?

Jean Poirier ne broncha pas.

– Il est vrai que nous avons eu un différend à propos de l'évolution d'un salarié. Comme il s'agissait d'une affaire d'après-vente, j'ai tenu bon, ce qui n'a pas plu à Georges. Ce n'est pas la première fois que nous avions un désaccord. Nous les avons toujours solutionnés, le but final étant l'intérêt de l'entreprise. Lui comme moi savions admettre que nous pouvions nous tromper.

Chappaz quitta Jean Poirier en le trouvant de plus en plus sympathique. Il appréciait sa collaboration spontanée et ses réactions saines. Il pensa que d'autres l'auraient peut-être mis en garde à vue, ce qui aurait singulièrement compliqué sa relation avec ses employés, et encore plus avec son constructeur. Son flair de gendarme lui disait qu'il fallait chercher le coupable ailleurs, et, surtout, que seul un mobile plausible allait les conduire jusqu'à lui. Et pour l'instant, il n'avait rien. Le même flair lui disait que la dénommée Sylvie, outre sa forte personnalité, pas toujours positive, cachait quelque chose. Mais quoi ? Cela restait à déterminer. Il fallait multiplier les interrogatoires et croiser les informations. Avant de rejoindre Giraud et Lenègre, il décrocha le téléphone pour appeler la sœur de Georges. Difficile. Annoncer la mort de quelqu'un à un proche, surtout dans ces circonstances, était le genre d'exercice inhérent à son métier qu'il n'aimait pas.

Cela se passa mieux qu'il ne le pensait. Il obtint madame Gendron tout de suite et, passée une réaction de stupéfaction bien compréhensible, elle aborda des choses très concrètes : elle arriverait demain par le premier avion, et posa la question des obsèques à organiser. Bonne question. Personne n'en avait parlé jusque-là et, sans femme ni enfant pour s'en occuper, cela n'allait pas se faire par l'opération du Saint-Esprit. Madame Gendron ayant demandé si elle pouvait voir son frère, Chappaz éluda la réponse en repensant à l'autopsie en cours. Il ne pouvait être question d'inhumation tant qu'il n'aurait pas les résultats. Il convint avec madame Gendron qu'il irait l'accueillir à l'aéroport le lendemain après-midi. Quant à l'autopsie, il prit ses dispositions pour la relancer, et alla rejoindre ses deux collègues.

8

Les trois hommes se retrouvèrent et eurent le même mot :

– Alors ?

Le colonel prit la parole et demanda d'abord à Lenègre s'il avait pu faire parler l'ordinateur. À sa réponse positive, son visage s'éclaira. Lenègre lui présenta l'écran du PC et tempéra son enthousiasme :

– Ne vous réjouissez pas trop vite, cet ordi est aussi discret que son propriétaire, d'après ce que vous m'avez dit. Mais tout aussi organisé. Il y a un dossier « photos », un dossier « factures », un dossier « banque », etc. Cela facilite les recherches. Côté photos, c'est classé par année. De 2003 à juin 2004, c'est simple, il n'y a rien. Puis à partir de juillet 2004, il y a beaucoup de photos. Toutes de montagne. Toutes avec Jean Poirier. Ils m'avaient l'air d'être de bons sportifs, apparemment…

– Cela confirme ce qui nous a été dit : jusqu'en 2002, des vacances à la mer avec sa femme, puis une pépée, puis un trou de deux ans, puis des activités plus sportives. Côté factures ?

– Rien d'intéressant, l'eau, le gaz, l'électricité…

– La banque ?

– Là, j'ai trouvé quelque chose ! Les relevés bancaires personnels sont numérisés et rangés. Je passe sous silence les retraits à vue, les cartes bleues, le versement du salaire mensuel et la pension alimentaire à son ex-femme. Il y a des virements au profit d'une certaine Constance Pépin. Et aussi des virements reçus de sa part.

– Tiens donc. C'est qui, celle-là ? Enfin une maîtresse ?

– Attendez, ce n'est pas tout. Si on analyse un peu, les virements en sa faveur sont irréguliers, mais relativement importants : de 1 000 à 2 000 euros chaque fois. En revanche, les virements reçus sont réguliers : 100 euros par mois, tous les dix du mois.

– Cela sent la cocotte qu'on dépanne et qui s'efforce de rembourser. Vous avez fait l'historique sur combien de temps ?

– Je suis dessus. Sur trente-six mois, il a dû verser environ 8 000 euros et s'en faire rembourser la moitié. Mais il faut aussi analyser des virements ponctuels qu'il faisait au profit du garage…

– Importants ?

– Même chose, 1 000 euros par ci, 2 000 euros par là.

– Il faudra demander à la comptabilité de la concession ce qu'il en est. Cela dit, si, comme je l'ai entendu, il avait un compte courant d'associé, il pouvait prendre de l'argent dans la caisse un jour et le rembourser le lendemain. Cela évite d'aller à la banque. À vérifier. Quoi d'autre ?

– Plutôt généreux, le Georges. J'ai aussi regardé les déclarations d'impôts. C'est simple, il n'a que son salaire comme revenu. Pas d'immobilier, pas de valeurs boursières. Il se rémunère 60 000 euros par an et se verse une prime en fin d'année, mais rien d'extraordinaire : entre 5 et 10 000 euros. En revanche il donne 12 000 euros aux œuvres caritatives : l'abbé Pierre, le cancer, le quart monde et j'en passe.

– C'est tout à son honneur ! Cela confirme ce que dit son associé, c'est que tous les deux bossent à fond pour leur boîte, se paient raisonnablement et laissent les bénéfices dedans pour la développer. Avec ce que vous me dites sur son altruisme, on va bientôt trouver qu'il donnait des cours de catéchisme ! Quoi d'autre ?

– Dans la boîte mail, rien d'intéressant. Les mails envoyés ou reçus sont pro à cent pour cent. Des garagistes, des notes de service du constructeur, ou internes au garage. Il y a aussi des échanges de photos de montagne.

– Et le téléphone portable ?

– C'est pareil. Les contacts sont tous professionnels. L'historique des appels et des textos également. Le peu de temps que la victime ne passait pas au garage, c'est à la montagne qu'il le consacrait.

– Bon, si je comprends bien, on a juste Constance à se mettre sous la dent, si j'ose dire ?

– Oui. Cela et les virements. Plus le fait que cet ordi est aussi rangé que l'appartement.

– Il n'y a pas de dossier « notaire », ou « perso », ou « testament ».

– Si, mais le testament correspond à celui de ses parents, décédés en 2002, dont il a hérité avec sa sœur. Dans « notaire », il y a les statuts du garage, la succession dont on vient de parler et l'achat de son appartement. Je vais approfondir, mais, apparemment, c'est du classique.

Chappaz passa la parole à Giraud. Ce dernier résuma ses conclusions suite à ce qu'il avait entendu : 1° Jean Poirier est globalement apprécié par le personnel pour sa façon de manager ; 2° même si son départ a été mouvementé, l'ancien chef d'atelier Tanguy semble ne pas être un mauvais bougre. Personne ne conteste son renvoi ; 3° Sylvie aurait la cuisse légère. Elle profite de son ancienneté et de son statut pour avoir des avis sur tout. Elle aurait peut-être une relation avec Tanguy ; 4° personne ne connaît d'ennemi mortel à Georges Dumez.

Chappaz prit acte que tout ceci confirmait point par point son ressenti suite à l'interrogatoire de Sylvie. Il compléta l'information par le coup de fil à la sœur de Georges Dumez, l'autopsie à réaliser, la convocation de Jean Poirier le lendemain, à Paris, et l'imbroglio juridique qu'il allait devoir dénouer. Il conclut la réunion en disant :

– Ce n'est pas le tout, on va aller déjeuner. Au programme pour la suite : 1° contacter le notaire pour savoir s'il y a testament ou pas, je m'en occupe ; 2° vérifier à la comptabilité ces débits et crédits sur le compte courant, Giraud, c'est pour vous ; 3° Lenègre, vous continuez à faire parler le PC et le téléphone portable autant que possible ; 4° s'intéresser à cette Constance Pépin.

Sur ces paroles, les trois hommes rejoignirent un restaurant indiqué par Jean Poirier. Le genre de cantine dans une zone industrielle où les salariés de toutes les entreprises se retrouvent à midi. Il y avait un brouhaha phénoménal ; tout le monde parlait de *l'affaire*. Leur entrée fut marquée par un grand silence. Trois gendarmes qu'on ne voyait jamais, ils venaient forcément pour cela... Les discussions reprirent *mezzo voce* lorsqu'ils furent installés. Le colonel aurait bien aimé capter quelques bribes de conversation ici et là, mais ce ne fut pas possible. À leur tour, ils se firent discrets et expédièrent leurs lasagnes en parlant de tout et de rien.

De retour au garage, Chappaz rejoignit Jean Poirier, et les deux hommes purent contacter maître Leroyer. Ce dernier commença par faire des difficultés pour donner des renseignements par téléphone, puis finit par accepter quand il comprit la gravité de la situation. Il prit toutefois la précaution de rappeler le garage. Il précisa qu'il n'avait vu Georges qu'en trois occasions : la création de la société, il y a vingt ans (Jean opina du chef), puis il y a douze ans, à l'occasion de son divorce, puis, au début des années 2000, pour l'achat de son appartement. Non, Georges ne lui avait confié aucun testament. Il allait vérifier sur le fichier national, ce qui prendrait deux ou trois jours. Il voulait ajouter quelque chose, mais semblait un peu embarrassé. Chappaz réussit à le mettre à l'aise.

– Oui, maître, mais encore?

– Vous devriez contacter mon confrère, maître Masson. Je sais que monsieur Dumez et lui se sont fréquentés quelque temps; peut-être lui a-t-il confié quelque chose. C'est par lui qu'il est passé pour liquider la succession de ses parents. Sur le moment, j'ai été un peu étonné qu'il change de notaire, mais je ne m'en suis pas formalisé plus que cela. Et puis, par la suite, il est revenu vers moi pour me dire qu'il me confierait à nouveau ses affaires à venir. Dit autrement, que sa collaboration avec Masson s'arrêtait là.

– Tiens donc! Comment interprétez-vous cela?

– Il est libre de traiter avec le notaire qu'il veut, vous savez. Cela dit, cela ne m'étonne pas complètement.

– Et pourquoi cela?

– Monsieur Dumez m'a toujours semblé être quelqu'un de très carré et sérieux en affaires. Cela m'a étonné qu'il se rapproche de maître Masson.

– Pourquoi ?

– Il m'est difficile de parler d'un confrère, monsieur. Disons qu'il a une réputation qui le précède. Je pense que vous pouvez vous rapprocher de certains de vos collègues si vous voulez en savoir plus.

Chappaz insista en vain. Maître Leroyer se mura dans le silence et promit de fournir l'information sur l'existence éventuelle d'un testament.

Après avoir raccroché, Poirier s'exprima :

– En voilà bien des mystères ! Qu'est-ce qu'il a voulu dire, le tabellion ?

– Il n'a pas l'air du genre à baver pour le plaisir. S'il a attiré mon attention, c'est qu'il y a une raison. Mais qu'il ne veut pas trop en dire non plus. Venant d'un notaire, ce peut être une histoire d'argent pas nette. Je vais me renseigner auprès de mes collègues de la brigade financière. Petite précision : vous avez une idée des dates de l'achat de l'appartement, puis de la succession des parents de votre associé ?

– Oui, c'est simple. Il a changé d'appartement peu après son divorce, donc en 1999 ou 2000, dans ces eaux-là. La succession de ses parents, c'était en 2003.

– Au moins, c'est précis !

– C'était l'époque où il roulait sur la jante, comme je vous l'ai dit tout à l'heure. Je m'en souviens aussi parce qu'un an après, au moment où il a arrêté sa vie de patachon et qu'il s'est mis à faire de la montagne avec moi, il a mis de l'argent dans le garage sous forme de compte courant. Argent qui venait de l'héritage de ses parents.

– C'était important, comme succession ?

– Important, sans plus. Cela lui a permis de rembourser son appartement et d'apporter 150 000 euros au garage. Cela tombait bien, car l'on était en pleine croissance. On a pu financer les stocks sans emprunter aux banques.

– Et pourquoi en compte courant, plutôt que d'augmenter le capital ?

– C'est le côté très droit de Georges. Comme je ne pouvais pas apporter la même somme, et qu'il tenait à ce qu'on reste cinquante-cinquante, il a mis cet argent sous forme de prêt.

– Je vois. Et ce maître Masson, vous le connaissez ?

– Pas du tout. J'ai rencontré l'autre, maître Leroyer, lors de la création de la société. C'est tout.

– Je change de sujet. Constance Pépin, cela vous parle ?

Le visage de Poirier s'éclaira.

– Bien sûr que oui ! C'est la femme de ménage ! Pourquoi cette question ?

– Avez-vous notion qu'il y ait une relation particulière entre votre associé et cette personne ?

Jean Poirier réprima un sourire.

– Qu'entendez-vous par relation ?

– Amicale, sentimentale, financière, ce que vous voulez...

– Sentimentale ou amicale, j'en doute fort ; c'est l'employée d'une société de nettoyage, il vaut mieux éviter, et puis, comment dire...

– Ce n'est pas un canon ?

– On va le dire comme ça. Cela dit, c'est une femme charmante, courageuse et très serviable. Cela fait plusieurs années qu'elle fait le ménage chez nous, et je ne voudrais surtout pas en changer.

– J'en viens au fait, votre associé lui prêtait, ou lui donnait, régulièrement de l'argent. Vous êtes au courant ?

– Non. Cela dit, cela ne m'étonne pas. Cette personne a manifestement des malheurs dans la vie, elle le porte sur elle, et Georges était devenu quelqu'un de très altruiste ces dernières années. Le plus simple, c'est que vous l'interrogiez, elle sera là à 17 heures. Je vous demande simplement de ne pas la mettre en difficulté ; il y a encore du monde à cette heure-là. Moi, je serai parti, je prends un avion en fin d'après-midi pour être à Paris demain à la première heure.

– Ne vous inquiétez pas pour Constance, j'ai l'habitude. Pour votre rendez-vous de demain, vous avez avancé comme vous voulez ?

– Oui. D'une part, j'y vois plus clair côté testament, même si cela demande confirmation. Mais le simple fait qu'on anticipe ce genre de questions, cela va les rassurer. D'autre part, je sais comment le siège a été prévenu : c'est le concessionnaire voisin qui est allé baver pour faire son intéressant. Ce n'est pas très malin de sa part, car il a vexé au passage notre responsable régional, qui n'était pas au courant. Celui-ci sera présent au siège demain et va me soutenir à fond. Il sait bien que nos performances commerciales et notre qualité de service sont bien supérieures à celles de notre voisin. Demain, il faut que je les rassure sur l'avenir, et notamment sur les aspects financiers.

Chappaz libéra Jean Poirier et retrouva Lenègre. Ensemble, ils vérifièrent ce qu'il venait d'apprendre : l'achat de l'appartement avec un notaire, la succession des parents Dumez avec l'autre, l'héritage qui avait permis de solder le crédit sur l'appartement et d'apporter du cash au garage, tout concordait. Le commissaire nota au passage le téléphone et l'adresse de maître Masson. Avant de le joindre, il allait d'abord se renseigner sur lui. Il voulait en savoir plus sur cette réputation sulfureuse que lui prêtait son confrère. Il allait décrocher le téléphone lorsqu'il fut interrompu par Giraud, qui revenait de son enquête à la comptabilité. Ce dernier avait toujours le sens de la formule :

– Pas marrante, la comptable ! Elle défend la boîte, faut voir ! Je l'ai vu réclamer de l'argent à un client, ça ne rigole pas ! On peut dire qu'elle est assise sur la caisse et qu'elle a avalé la clé !

– Bon, d'accord, Giraud, elle est dans son rôle. Et pour ces retraits sur le compte courant ?

– Oh, c'est clair. De temps en temps, Dumez venait retirer 1 000 ou 2 000 euros en liquide, pris sur la caisse. Mais il régularisait toujours par virement le lendemain. J'ai bien demandé à la dame ce qu'elle en pensait, ce à quoi elle m'a répondu qu'elle n'en pensait rien du tout vu que, primo, c'était son patron, deuxio, cet argent lui appartenait et, tertio, que son compte était largement créditeur. Entre nous, elle a raison.

– Reste à savoir ce qu'il en faisait, même si j'ai une idée sur la question. Au fait, votre ancien chef, il est bien passé à la brigade financière ?

– Victor, oui, il y est toujours.

– On va l'appeler ensemble, j'ai un tuyau à lui demander.

Les deux policiers joignirent Victor. Après les plaisanteries d'usage dans un milieu qui a besoin de cela pour décompresser, ils apprirent que maître Masson était connu dans les services financiers de la police pour avoir enregistré plusieurs opérations immobilières réalisées par des marlous du milieu grenoblois. Jusque-là rien d'illégal, sauf que les montants officiels étaient souvent inférieurs à la valeur du marché. De là à penser qu'il y ait un gros dessous de table, il n'y avait qu'un pas. Il travaillait tout seul et n'avait jamais développé son affaire depuis qu'il avait pris la suite de son père. Il était assisté d'un seul clerc, une vieille fille qui était là depuis toujours. Lui-même était célibataire et ne fréquentait personne. Son train de vie n'avait rien d'exceptionnel, la brigade financière en était au maigre stade des soupçons.

Jean Poirier partit pour Paris dans le courant de l'après-midi, en promettant d'avertir Chappaz s'il avait une information importante. Rendez-vous fut pris pour le surlendemain, sachant que le colonel se voyait attribuer la délicate mission d'accueillir madame Gendron, la sœur de Georges, le lendemain après-midi. L'heure tournant, il fut décidé d'attendre le lendemain pour interroger Tanguy et Pinto.

La femme de ménage ne tarda pas à arriver et fut accueillie par Sylvie. Bien évidemment, la nouvelle de la mort brutale de Georges lui était parvenue. Elle semblait inconsolable et manifestait fortement son chagrin :

– Ce pauvre monsieur Georges ! Qui a pu faire cela ? Comment est-ce possible ? Comment…

Chappaz compléta en son for intérieur « comment je vais faire maintenant ? », mais garda cette remarque pour lui et attendit que le torrent de larmes se tarisse un peu. Sylvie, de son côté, l'avait fait asseoir et lui avait préparé un verre d'eau.

– Cela va aller, madame Pépin ? Mais au fait, vous êtes toute seule, aujourd'hui ?

Constance Pépin était une femme entre deux âges, manifestement fatiguée par la vie et par son travail. Après quelques hoquets, elle reprit un peu de couleurs.

– Eh oui, en plus, je suis toute seule. Ma jeune collègue qui était là la semaine passée n'est pas venue aujourd'hui. Bon, je vais y aller, cela ne sert à rien de se mettre dans ces états-là.

Le colonel décida d'attendre avant de l'interroger. Qu'elle se remette de ses émotions et, surtout, que Sylvie soit partie. Il en profita pour appeler le labo. Sur l'arme du crime, il n'y avait pas d'autres empreintes que celles de Poirier. L'assassin avait certainement mis des gants, ce qui n'a rien de surprenant pour un crime prémédité. Les traces de sang relevées par Giraud appartenaient toutes à la victime ; il n'y aurait pas de traces ADN exploitables. Bref, on n'avançait pas beaucoup.

Sylvie partit bientôt, ainsi que le reste du personnel, et Chappaz put commencer à questionner Constance Pépin, en prenant les précautions d'usage. Celle-ci étant une femme simple et spontanée, elle ne fit pas mystère que monsieur Georges – cet excellent homme – l'avait prise en sympathie et la dépannait financièrement. Toute seule dans la vie, elle avait bien du souci avec son grand fils, qui ne faisait rien de ses dix doigts et lui prenait de l'argent vous devinez bien pourquoi… Mais elle rembourserait jusqu'au dernier centime, oh ! cela pour sûr ! Tenez, je tiens le compte, vous voulez le voir ?

Le colonel eut du mal à ramener la conversation sur ce qui l'intéressait vraiment :

– Étiez-vous là vendredi soir, madame Pépin ?

– Eh bien oui, comme tous les jours !

– Avez-vous remarqué quelque chose d'anormal ?

– J'ai cru remarquer que monsieur Jean et monsieur Georges se faisaient un peu la gueule.

– Ah bon ?

– Oui, à un moment, j'ai entendu des éclats de voix, alors que je faisais le ménage à la compta ; cela ne me regarde pas, n'est-ce pas ? Cela dit, ce n'était pas discret, ma collègue, qui était dans le bureau voisin, les a entendus également ! Et puis, quand je suis revenue, c'était fini, ils ne se parlaient plus trop. Ils sont partis en se disant : « À dimanche ! » Ah, cette satanée excursion, ils auraient mieux fait de se casser une jambe la veille !

– Vous saviez qu'ils partaient ensemble dimanche ?

– Ils ne me l'ont pas dit précisément, mais c'est leur habitude, en cette saison, entre juin et octobre. Quand ils se sont dit « à dimanche », j'en ai conclu…

– Bien sûr, bien sûr. Vous connaissiez des ennemis à monsieur Georges ?

– Comment un homme comme cela peut-il avoir des ennemis ? Bon comme le pain, généreux comme tout ! Non, je ne vois pas. Des jaloux, sans doute, mais pas des ennemis.

– Et cela fait longtemps que vous venez ici faire le ménage ?

– Cela va faire quatre ans. Pourquoi ?

– Pour savoir. Les gendarmes sont curieux, vous savez…

– Eh, dites-moi, vous allez l'arrêter, celui qui a fait cela, j'espère ! Si ce n'était que de moi, je te me l'enverrais à la guillotine, vite fait bien fait !

Chappaz sourit à l'expression de cette opinion populaire de la justice telle qu'elle devrait être.

– On va tout faire pour, madame Pépin ! Arrêter les criminels, c'est notre boulot. Après, c'est celui de la Justice…

– Feriez mieux de lui régler son compte ! Les juges, ça sert à rien ! Ils vont le mettre au trou pendant dix ans, et il en fera pas la moitié !

Sur ces fortes paroles, le colonel remercia madame Pépin et la laissa à sa besogne, pour faire le point avec ses deux collègues.

– Messieurs, la situation se résume comme suit, dites-moi ce que j'oublie : 1° un chef d'entreprise est assassiné en montagne ; 2° un seul témoin, son associé ; 3° il est célibataire sans enfant. Une sœur lointaine ; 4° a priori une vie bien rangée, pas de dettes, pas d'histoire de femme à l'heure actuelle ; 5° une période un peu trouble entre 2002 et 2004, suite à une séparation. Des absences du garage avec des activités dont personne ne sait rien. C'est à creuser ; 6° la perquisition du domicile, l'examen des données personnelles ne nous apprennent rien ; 7° à qui profite le crime ? A priori à personne, il n'y a pas de mobile apparent pour l'instant ; 8° des empreintes sur l'arme du crime, celles de l'associé dans des circonstances particulières ; 9° trois personnes à voir : deux ex-salariés licenciés et un notaire à la réputation un peu douteuse pour vérifier l'existence d'un testament, ou autre ; 10° je vous propose donc le programme suivant pour demain : Lenègre, vous allez pouvoir réintégrer la maison si vous avez fini de faire parler l'ordinateur et le portable. Vous les gardez comme pièces à conviction. Giraud, vous allez voir à quoi ressemble maître Masson. De mon côté, je m'occupe de réceptionner la sœur. J'irai voir les dénommés Pinto et Tanguy. J'irai aussi voir l'ex de la victime, madame Duchemin. Les femmes ont souvent des antennes précieuses. J'espère que l'autopsie nous apprendra quelque chose. Je vais demander au gendarme qui filait Jean Poirier de s'occuper maintenant un peu de la dénommée Sylvie. Elle nous cache quelque chose, celle-là.

9

Le lendemain, le colonel Chappaz trouva facilement le lieu où exerçait José Pinto. C'était difficile de le rater : des panneaux d'affichage plusieurs kilomètres à l'avance, des voitures d'occasion partout, des prix tous plus avantageux les uns que les autres, mis en valeur par un étiquetage bien flashy. Cela sentait son commerçant. Un peu moins sympathique, l'accueil que lui fit un berger allemand pas vraiment content de le voir arriver. Heureusement, celui-ci était enchaîné et ses aboiements eurent pour résultat de faire sortir José Pinto de son algeco. Drôle de bonhomme. Petit, râblé, une coupe à la Yul Brunner. Un tatouage sur le cou voisinait avantageusement avec une croix en or perdue dans un poitrail velu. Et un sourire jusqu'aux oreilles pour accueillir son visiteur :

– Ne vous inquiétez pas, il n'est pas méchant. Du moins, pas quand je suis là. Mais la nuit, il faut bien protéger le matériel… Je suppose que vous enquêtez sur la mort de Dumez ? Et que vous allez me demander si ce n'est pas moi qui l'aurais un peu refroidi au passage ?

Au moins, il annonçait la couleur. Chappaz ne se laissa pas démonter par cet accueil mi-provocateur, mi-aimable.

– Non, non, je suis venu vous demander l'heure et contrôler le livre de police, tant que j'y suis. Tout est nickel, je présume ?

Pinto en rabattit un peu.

– Excusez-moi, mais je vais toujours droit au but. Entrez donc, on va discuter à l'intérieur, on sera mieux.

Dans l'algeco, l'équipement était plutôt sommaire : un vieux bureau, deux chaises et des classeurs par terre. Un ventilateur ronronnait dans un coin.

– Asseyez-vous, et excusez le désordre. Je vous écoute, monsieur.

– C'est très simple, vous avez vous-même posé la bonne question. Il ne manque plus que la réponse qui va bien. Au fait vous attendiez ma visite ?

– On est dans un petit pays, vous savez. Les nouvelles vont vite.

– Bref, vous attendiez ma visite. Alors ?

– Alors, c'est simple. On a dû vous dire que j'étais parti fâché du garage, et vous devez penser que je pourrais faire un bon suspect. Je vous rassure tout de suite. D'une part, je comprends très bien qu'ils m'aient viré, d'autre part, et surtout, j'étais au Portugal dans ma famille le jour de la mort de Dumez. Tenez, je vous ai même préparé les billets d'avion aller et retour pour votre enquête, les voici.

Chappaz prit les documents. Un billet pour Lisbonne, départ le vendredi soir et retour le lundi matin, c'était effectivement un alibi béton. Il prit le parti de manier l'humour à son tour.

– À la bonne heure, monsieur Pinto ! Au moins, avec vous, on gagne du temps ! Tant que vous y êtes, vous n'auriez pas le nom de l'assassin ?

Pinto sourit à son tour. Sous des dehors apparemment frustes, c'était quelqu'un de futé.

– Ce serait trop simple. Pour parler vrai, cette histoire m'étonne. Je ne comprends pas. Même si je n'ai pas toujours été d'accord avec eux, Dumez et Poirier sont des bons pro. Ils sont corrects en affaires et n'ont jamais escroqué personne.

– Vous leur voyez un ennemi à titre professionnel ?

– Comme cela, non. Au garage, on va sans doute vous parler de mon ex-collègue Tanguy, qui s'est fait virer avec perte et fracas. C'est un bon gars. Le pauvre, il cherche du boulot, à l'heure qu'il est. Quand je peux, je le fais un peu travailler. Vous savez, dans ce métier, j'ai déjà rencontré quelques voleurs, mais jamais d'assassin !

Chappaz ne fit pas préciser si c'était au black qu'il travaillait et enchaîna :

– Une histoire de femme ?

– Je ne l'imagine pas. Il paraît qu'il est sorti avec la secrétaire. Moi, je suis arrivé après. Il avait peut-être une copine, mais alors c'était discret, personne n'en savait rien.

– Et côté gros sous ?

– Je vous ai dit, ils sont très corrects en affaires et réputés pour cela. Je ne vois aucune embrouille.

– Et alors ?

– Alors, si je peux me permettre, bon courage ! Si je peux vous aider, je le ferai. N'hésitez pas à revenir.

Chappaz prit congé en emportant les billets d'avion. Il vérifierait quand même que le voyage avait bien eu lieu. Ce qu'il avait en main prouvait que les billets avaient été achetés. Mais un avion, cela peut aussi se rater. Il prit la route du domicile de Tanguy.

C'était à Crolles, dans un lotissement fraîchement sorti de terre. Des pavillons modestes sur un petit bout de terrain. La construction devait être très récente ; les clôtures n'étaient pas posées, et ce qui devait servir de pelouse était encore en friche. Ici et là, des thuyas minuscules préfiguraient ce qui serait une haie dans quelques années. Des palettes témoignaient de récentes livraisons de carrelage et autres matériaux. Une odeur de ciment et de peinture flottait. Pas encore crépi, le pavillon de Tanguy était à l'unisson. Chappaz y accéda directement depuis la rue et, faute de sonnette, dut frapper à la porte. Celle-ci s'ouvrit sur une femme d'une trentaine d'années, en tablier de cuisine avec un enfant dans les bras. Quand il déclina son identité et demanda à voir monsieur Tanguy, un vent de panique la submergea.

– La gendarmerie, mais que se passe-t-il ? Il y a un problème ?

Apparemment, *la* nouvelle ne l'avait pas encore rejointe. Le colonel entreprit de la rassurer, tout en l'informant.

– Quelle histoire ! Cela va lui faire un drôle d'effet, quand il va rentrer. Il n'est pas là pour deux ou trois jours. Il cherche du travail, vous savez. Là, il est parti dans le Midi pour un poste. Cela ne m'enchanterait pas de bouger, car on vient d'emménager dans ce pavillon, mais quand il faut, il faut, pas vrai ?

– Il y a longtemps qu'il est parti ?

– Samedi après-midi. Il m'a dit qu'il voulait en profiter pour voir un copain. Même que cela ne m'arrange pas pour faire les courses, toute seule avec le gamin, et sans voiture, dans cette maison pas finie…

Le colonel intégra que Tanguy était absent de son domicile pendant le week-end. Pas d'alibi de ce côté-là. En même temps, il ne fallait pas trop alerter cette épouse modèle a priori un peu naïve.

– Vous savez quand il doit rentrer ?

– Il va m'appeler pour me le dire. Dès qu'il aura rencontré la personne pour le job, j'imagine.

– Dites-lui simplement que j'aimerais avoir son témoignage sur certaines choses. Qu'il m'appelle dès que possible.

À moitié rassurée, la jeune femme prit la carte qu'on lui tendait en raccompagnant le colonel.

– Tenez, passez donc par le garage pour repartir, il y aura moins de terre… Faites attention, il y a du matériel de montagne un peu partout, ne vous prenez pas les pieds dedans !

– Il fait donc de la montagne, votre mari ?

– Oui, à l'occasion.

Effectivement, il y en avait de partout. Des cordes, des sangles, de la quincaillerie, des chaussons… Et puis aussi, une veste d'escalade qui séchait sur la corde à linge.

De couleur rouge.

10

En quittant le lotissement, Chappaz se dit que, malgré le portrait rassurant que les uns et les autres avaient dressé de Tanguy, ce dernier réunissait quelques éléments contre lui. Un licenciement houleux, des menaces à peine voilées, son absence le jour du meurtre et la veste rouge par-dessus le marché, cela commençait à faire beaucoup. Dommage qu'il n'ait pas pu l'interroger à chaud. Son épouse allait forcément lui parler de sa visite, et l'autre allait pouvoir préparer un alibi, s'il avait quelque chose à se reprocher. Des vêtements de montagne rouges, il en circulait quelques centaines, et ce n'était pas une preuve en soi. Il n'avait pas envie de réitérer une éventuelle erreur judiciaire qui avait peut-être conduit un innocent à la guillotine dans les années soixante-dix[1]. Mais quand même…

Une visite chez l'ex de Georges Dumez ne lui apporta rien de plus. Il fut accueilli plutôt froidement par le docteur Duchemin, qui lui expliqua qu'il le recevait par courtoisie, mais que son épouse n'avait pas envie de ressasser des histoires du passé avec ce voyou de garagiste.

1. Il s'agit de l'affaire Ranucci (1974-1976). Le journaliste et écrivain Gilles Perrault en tirera un livre intitulé *le Pull-over rouge*.

Madame Duchemin confirma, dans des termes plus mesurés, qu'elle avait demandé le divorce quand elle avait découvert que son mari avait une liaison avec sa secrétaire. Cela dit, elle reconnaissait que Georges avait été très réglo par la suite, notamment sur les aspects financiers. Non, bien sûr, ils ne se voyaient plus du tout, et s'évitaient en ville.

Avait-elle une idée sur le meurtre ? Non, vraiment aucune. Il ne méritait certainement pas cela. Le colonel perçut même de la tristesse dans sa réaction. Ce qu'elle confirma en demandant qu'on lui fasse connaître la date des obsèques.

Chappaz prit congé et rejoignit l'aéroport de Saint-Geoirs pour accueillir la sœur de Dumez.

Celle-ci portait élégamment la quarantaine. On sentait une femme d'affaires qui gardait ses sentiments pour soi et allait droit au but, notamment pour les questions matérielles. Ils étaient à peine attablés autour d'un café qu'elle aborda la question de l'organisation des obsèques. Le colonel expliqua sans détour qu'il fallait attendre les résultats de l'autopsie qu'il avait demandée. Madame Gendron ne tiqua pas sur le terme « autopsie » et posa simplement la question « quand ? ». Ceux-ci étant prévus pour le lendemain mercredi, cela lui convint ; on pourrait organiser l'enterrement pour la fin de la semaine. De la même manière, Chappaz n'eut pas besoin de déployer des trésors de diplomatie pour aborder la question de la succession. Madame Gendron anticipa celle-ci en disant que la gestion d'un garage, ce n'était pas sa tasse de thé, et qu'elle comptait revendre les parts de son frère rapidement. De préférence à l'associé de celui-ci pour assurer la continuité. Elle mandaterait son expert-comptable pour se mettre d'accord sur l'évaluation, mais elle ne voulait pas s'embêter avec cela.

Chappaz eut un peu de mal à sortir de ces considérations matérielles pour revenir sur le mobile du meurtre et l'opinion qu'elle en avait, mais il en fut pour ses frais. Celle-ci confirma qu'elle ne voyait pratiquement jamais son frère, chacun étant fort occupé par son business. En fait elle ne connaissait rien de sa vie privée, et encore moins de sa vie professionnelle. La conversation commençait à languir un peu quand le portable du colonel se mit à sonner. Il s'excusa de devoir prendre l'appel qui venait de Giraud.

– Allô, chef?

– Oui, Giraud. Vous avez pu voir le notaire?

– Le voir, oui. Lui parler, pas vraiment...

– C'est-à-dire?

– C'est-à-dire qu'il est mort, chef!

– Comment cela? Il ne nous l'avait pas dit, l'autre!

– Il ne pouvait pas le savoir, chef! Il est mort depuis quelques heures. On l'a tué de trois coups de couteau, la nuit dernière...

11

Quand le lieutenant Giraud arriva aux abords de l'adresse du notaire, il comprit rapidement que quelque chose ne tournait pas rond. Une voiture de police, gyrophare allumé, qui barre la rue, ça va, mais quand il y en a dix et que tout le quartier est bouclé, ce n'est pas normal. La radio n'avait rien annoncé ; il venait donc de se passer quelque chose. Il avisa un policier du barrage.

– Eh, collègue ! C'est le carnaval ou quoi ?

– Tiens, la gendarmerie ! Non, ça ne rigole pas ! Il y a un meurtre !

– Ah bon ?

– Oui, un notaire, à ce qu'il paraît…

Giraud accusa le coup.

– Un notaire ? Ne me dites pas qu'il s'appelle Masson !

– Je n'en sais rien. On vient d'être appelé et on boucle le quartier. Mais allez-y, je vous laisse passer. C'est au 38, je crois. Le commissaire Andréani et l'inspecteur Langlois sont sur place.

– Andréani et Langlois ? Décidément le monde est petit ! On se connaît.

Le 38. C'était bien l'adresse de maître Masson. Giraud n'avait plus du tout envie de blaguer et fonça vers l'immeuble désigné. Il dut franchir plusieurs barrages et se retrouva rapidement sur le palier de l'étude du notaire. À l'intérieur, un ballet bien organisé voyait plusieurs policiers s'affairer, certains en combinaison blanche. Chacun savait ce qu'il avait à faire et un grand calme contrastait avec la pagaille qui régnait dehors. Dans un coin, une femme en état de choc sanglotait, prostrée dans un fauteuil. Le gendarme eût tôt fait de repérer Andréani, qui distribuait ses instructions. Celui-ci l'aperçut à son tour.

– Le lieutenant Giraud ! Mais qu'est-ce que vous faites là ? Nous, on arrive tout juste. Ne me dites pas qu'on vous a appelé aussi.

– Le flair, monsieur le commissaire ! Le flair !

– Allez ! Arrêtez ! Qui vous a prévenu ?

Giraud prit le parti d'arrêter de plaisanter.

– Vous avez peut-être entendu parler de l'affaire Dumez ?

– Oui, bien sûr. Le colonel Chappaz est dessus, je crois ?

– Tout à fait, et c'est lui qui m'envoie ici. Notre victime avait pour notaire maître Masson. Au fait, où est-il ?

– Venez voir, avant qu'on l'emmène. Je vous préviens, C'est un peu spécial.

– Qu'est-ce que vous voulez dire ?

– Vous allez voir, dit Langlois.

Les trois hommes se rendirent sur la scène de crime. Les policiers de la brigade criminelle l'avaient délimitée et relevaient des empreintes.

– Restez à distance, s'il vous plaît ! On n'a pas fini !

– OK, OK. Je voudrais simplement voir de loin ce qu'il en est.

L'un des policiers releva la couverture jetée sur la victime. Celle-ci était assise dans son fauteuil, le buste et le visage affalés sur le bureau. Une mare de sang avait inondé celui-ci et coulé sur la moquette. Détail insolite, un bandeau lui couvrait les yeux, sa ceinture était défaite, et son pantalon dégrafé.

– Nom de Dieu ! Qu'est-ce que cela veut dire ? s'exclama Giraud.

– Il n'est pas mort d'un rhume, c'est normal qu'il y ait un peu d'hémoglobine !

– Ce n'est pas cela ! Ce bandeau, qu'est-ce que ça signifie ? Et puis, les coups de couteau…

– Un au foie, un au cœur et un à la carotide, commenta sommairement un policier.

– Un peu comme notre victime, répondit Giraud. C'est une coïncidence troublante, sachant que les deux se connaissaient. Sauf que, là, il y a une connotation particulière, dirait-on… Quelles sont vos premières conclusions ?

– Si c'est une prestation sexuelle, elle a mal tourné, ironisa Langlois.

– Ce peut être aussi une mise en scène, précisa Andréani.

– Qui vous a prévenus ?

– C'est la dame là-bas qui a composé le 112. Venez, on va la voir ensemble. Vous avez de la chance, vous avez la primeur.

– Au fait, c'est qui, cette personne ?

– Je ne sais pas. Elle va nous le dire…

Les trois hommes s'approchèrent de la femme qui hoquetait bruyamment. Une policière qui la réconfortait comme elle pouvait les avertit discrètement :

– Allez-y mollo ! Elle sous le choc, et puis, elle m'a pas l'air bien futée !

Effectivement, s'il n'y avait pas eu un mort à quelques mètres de là, le spectacle aurait prêté à rire. La femme en question, une cinquantaine d'années, était l'archétype de l'employée de bureau du siècle dernier, voire celui d'avant. Une blouse grise, des lunettes à faire peur, des cheveux filasse non coiffés et un air plutôt ahuri. Les policiers et le gendarme échangèrent un regard en coin signifiant « C'est pas gagné ! » mais réussirent à garder leur sérieux et se présentèrent. Andréani entreprit de l'interroger.

– Bonjour madame, essayez de nous dire calmement ce que vous avez vu.

– Mademoiselle, c'est mademoiselle.

– Ah ! excusez-nous… mademoiselle comment ?

– Mademoiselle Liénard. Je suis la collaboratrice de maître Masson.

Giraud se remémora les propos du notaire joint au téléphone la veille : « Il travaille avec une vieille fille qui est là depuis toujours. » Ce devait être elle.

– Dites-nous ce que vous avez vu, mademoiselle Liénard. Et essayez de ne rien oublier.

– Eh bien, je suis arrivée ce matin pour ouvrir l'étude, comme tous les jours…

– C'est vous qui faites l'ouverture le matin ?

– Oui, j'arrive la première, vers 9 heures. Maître Masson arrive plus tard. Mais là ! Oh mon Dieu !

Un nouveau déluge de larmes, entrecoupé de hoquets, interrompit la narration de la vieille fille. Les deux policiers laissèrent passer quelques minutes avant de reprendre.

– Donc, vous arrivez à 9 heures, comme tous les matins, et vous le trouvez mort, c'est cela ?

– Oui, c'est cela. J'ai appelé police secours.

– Avec son téléphone ?

– Non, depuis mon bureau.

– Vous n'avez touché à rien ?

– Oh non ! Tout ce sang ! Et puis, vous avez vu dans quel état on l'a mis ! C'est… horrible !

Andréani nota mentalement « dans quel état on l'a mis ». S'agissait-il d'une mise en scène ?

– Donc, vous appelez la police. Avez-vous remarqué quelque chose d'insolite ?

– Oui. La porte de l'étude était tirée, mais pas fermée à double tour.

– Qui ferme l'étude ?

– C'est toujours maître Masson. J'arrive la première, et lui part le dernier.

– Ce qui voudrait dire que le meurtrier s'est fait ouvrir la porte normalement et l'a tirée en repartant. Avez-vous remarqué quelque chose hier soir ?

– Non. Je suis partie à 17 h 30, comme d'habitude.

– Il était seul ?

– Oui. Il a reçu des clients pour un acte de vente dans l'après-midi. Ils sont partis vers 16 heures et, quand je suis partie à mon tour, il travaillait à son bureau. Il m'a dit « à demain » et c'est tout.

– Cela fait longtemps que vous travaillez avec lui ?

– J'ai commencé avec son père, il y a trente ans. Puis j'ai continué avec lui quand il a pris la suite.

– Quand, précisément ?
– Il y a vingt-cinq ans.
L'entretien fut interrompu par un homme de la police scientifique, s'adressant discrètement à Andréani et Langlois.
– Venez voir !
Giraud emboîta le pas aux deux hommes et les suivit dans une petite pièce attenante au bureau de maître Masson. Des étagères chargées d'archives et un coffre-fort mural grand ouvert.
– Tiens tiens ! On aurait un mobile !
– Pas sûr ! Regardez, on n'a rien pris ! Ou alors, on en a oublié beaucoup !
En effet, une vingtaine de lingots d'or étaient en évidence, bien rangés sur l'étagère supérieure. En dessous, des DVD et des liasses de billets. Des euros, des dollars, et aussi des francs suisses.
– Vous avez compté ?
– Pas encore, mais, de toute évidence, il y en a pour des sous !
– Pourquoi l'assassin n'aurait-il rien pris ?
– Soit il a été dérangé, soit il cherchait un document précis, soit encore c'est une fausse piste sur laquelle il veut nous mettre…
– C'est quoi, ces DVD ?
– Du porno, apparemment !
– Il n'est pas clean, ce notaire !
– Vous pensez qu'elle sait quelque chose, la secrétaire ?
– Cela ne m'a pas l'air d'être son genre. Quoique, on ne sait jamais. Venez, on va lui demander !

Andréani, Langlois et Giraud revinrent vers la collaboratrice.

– Mademoiselle Liénard, vous êtes allée voir dans la salle des archives ?

– Non ! Je n'ai pas pu. Il aurait fallu passer devant le…

– Oui, je comprends. Vous savez ouvrir le coffre-fort ?

– Oh non ! Il n'y a que maître Masson qui y touche.

Effectivement. Vu le contenu, le contraire aurait été étonnant. La pauvre fille ne connaissait manifestement pas toutes les activités de son patron.

– Parlez-nous de lui. Vous le connaissez bien, depuis le temps ?

– Que voulez-vous que je vous dise ? C'est un notaire très sérieux. Il a repris la clientèle de son père. Il passe des actes, des ventes, des successions…

– Bien sûr, bien sûr. Il est marié ?

– Non, non, il est célibataire.

– Vous lui connaissez une… amie ?

Mademoiselle Liénard rosit légèrement.

– Non, je ne connais pas sa vie privée.

– De la famille ?

– Non plus, il est fils unique. Et ses parents sont morts depuis longtemps.

– Lui connaissez-vous des ennemis, des gens qui lui veulent du mal ?

– Oh non ! Un homme si correct !

– Vous connaissez tous les clients de l'étude ?

– La plupart. Quelquefois, il y a des nouveaux clients. Comme ceux d'hier après-midi : ce sont des gens qui viennent de Paris et qui achètent un appartement neuf.

– Qui les a envoyés chez vous ?

– Le promoteur, j'imagine…

– Sinon, vous connaissez tous les clients ?

– La plupart, c'est moi qui prépare les actes. Parfois, certains ne se déplacent pas pour une vente et me donnent procuration…

– Et dans les clients, vous voyez des gens… bizarres ?

– On voit un peu de tout, vous savez. Mais tout le monde s'est toujours montré très correct avec moi.

– Revenons à hier soir. Quand vous partez, maître Masson est seul. Savez-vous s'il attendait quelqu'un ?

– De mémoire, non. On va regarder l'agenda, c'est moi qui le tiens.

La vieille fille présenta un Quo Vadis impeccablement tenu. De rares rendez-vous étaient notés à l'encre. Langlois pensa *in petto* que ce faible niveau d'activité apparent et le côté godiche de la secrétaire n'étaient pas en rapport avec le contenu du coffre. Il en était là de ses réflexions lorsque le téléphone sonna.

– Répondez, mademoiselle Liénard…

La pauvre fille, toute pâle, tremblait comme une feuille.

– Oh non, je ne pourrai pas…

– Alors, attendez, laissez faire.

Les deux policiers notèrent le numéro qui s'affichait à l'écran. Andréani fut tenté de décrocher, mais se retint.

– Attendons, on va peut-être laisser un message…

Ce fut le cas.

« Jules, c'est Fred. Rappelle-moi pour ce soir. À plus. »

Les deux hommes se tournèrent vers mademoiselle Liénard.

– Il y a un rendez-vous ce soir, avec un dénommé Fred ?

– Je ne vois rien de noté. Ce doit être personnel.

Une chose était sûre, c'est que l'interlocuteur ignorait que maître Masson était mort. Une autre, c'est que l'agenda de mademoiselle Liénard ne reflétait qu'une partie de son activité. Andréani demanda que l'on identifie le propriétaire du portable et revint vers ses collègues sur la scène de crime.

– Alors ?

– Alors, le meurtre a été commis hier soir, ou dans la nuit. Le légiste le dira plus précisément. Le meurtrier a opéré avec des gants et a effacé toutes les empreintes possibles ; reniflez, cela sent encore l'alcool ménager. Quant au téléphone fixe, l'historique des appels a été effacé. On a fait les poches de la victime, mais on n'a rien pris ; en tout cas ni son portefeuille ni ses clés, que l'on a retrouvés par terre. Là, on passe tout à la loupe pour essayer de trouver un indice.

– Vous avez retrouvé un portable ? Ou un carnet ?

– Non.

– Pour le coup, on a dû prendre ce genre de chose. Pour effacer les pistes.

– C'est vraisemblable, car le portefeuille ne contient rien d'intéressant.

Les trois hommes se mirent à l'écart pour échanger leurs premières constatations.

– Qu'est-ce que vous en pensez, chef ? demanda Langlois.

– Plusieurs choses : 1° la victime ne devait pas se méfier de son assassin, puisqu'elle lui a ouvert la porte. Celle-ci n'est pas forcée ; 2° le meurtre a été commis entre hier, 17 h 30 et ce matin, 9 heures ; 3° le meurtrier semble bien organisé, puisqu'il tue de manière professionnelle et ne laisse pas d'indices ; 4° le mobile du crime semble ne pas être le vol ; 5° ce notaire a une vie privée qu'il garde bien pour lui, c'est sans doute pour cela qu'il garde à son service cette vieille fille complètement naïve ; 6° on a une piste : ce numéro qui a appelé tout à l'heure ; 7° une question : avons-nous affaire à un ou plusieurs meurtriers ? ; 8° cette mise en scène avec un pantalon dégrafé et un bandeau sur les yeux me pose question. Ce notaire semble être porté sur le sexe, on peut penser qu'il a fait venir une professionnelle à l'insu de sa secrétaire. Mais alors, pourquoi ce crime, et pourquoi n'aurait-elle rien pris dans le coffre, tant qu'à faire ? Autre hypothèse : un meurtrier qui maquille son crime. Que voyez-vous d'autre ?

– Rien, vous avez tout résumé, dit Langlois.

Giraud intervint :

– Une chose à ajouter, c'est que nos deux victimes se connaissaient et ont été assassinées d'une façon très proche ; on a intérêt à rester en contact et à échanger nos informations.

– De toute manière, je vais prévenir la procureure, elle va faire le lien.

– C'est même possible qu'elle regroupe les deux enquêtes en une seule et vous la confie.

– N'allons pas trop vite, c'est elle qui jugera. Vous en êtes où, vous ?

– Pour l'instant, nulle part. On n'a pas de mobile clair. Le colonel est en train d'interroger des salariés licenciés, mais on n'a rien de concret pour le moment.

Un policier interrompit la conversation :

– Chef, j'ai le nom du gars qui a appelé tout à l'heure !

– Qui c'est ?

– Un dénommé Frédéric Lefaucheux. Cela me dit quelque chose, pas vous ?

– Bien sûr que oui ! Fred Lefaucheux, c'est cette petite frappe qu'on a serré il y a longtemps pour proxénétisme, qui n'a fait que six mois de prison et qui tient le Diamant Bleu.

– C'est quoi, le Diamant Bleu ? demanda Giraud.

– C'est cette espèce de pseudo boîte à une vingtaine de kilomètres, en retrait de la route nationale. En fait, c'est un bar montant.

– Tiens, tiens ! Notre notaire, il ne faisait peut-être pas que mater des DVD pornos !

– Il y a ça, et puis, surtout, Lefaucheux, il est forcément encore lié au milieu.

– Il y fait quoi, au Diamant bleu ?

– Officiellement, il sert des bières aux clients. En fait, il tient la boutique et gère des filles, toutes volontaires et indépendantes, bien sûr ! On n'a jamais pu le faire replonger.

– Moi, j'ai un indic qui pourrait m'en dire un peu plus, intervint Langlois.

– Dites toujours, qui est-ce ?

– Paulo de Brest. Il connaît forcément Lefaucheux. Comme il me doit quelques tuyaux, il pourra peut-être m'éclairer.

– Allez-y tout de suite. Pas la peine d'attendre la proc pour ce genre d'enquête. Et, surtout, si vous pouvez le questionner avant que le meurtre soit connu. De Lefaucheux notamment.

Les trois hommes furent interrompus par un de leurs collègues de la police scientifique.

– Venez voir près du coffre ! Il y a peut-être un indice. Et ne marchez pas là où on a protégé !

Une fois tout le monde réuni autour dudit coffre, le policier embraya :

– Regardez, il y a des traces de pas sur la moquette, avec quelques gouttes de sang. *Idem* dans le coffre. Manifestement, le meurtrier a voulu y prendre quelque chose. Mais quoi ?

– Pas d'argent en tout cas ! Sinon, il aurait tout raflé…

– Un document, peut-être…

– Ou un DVD. Regardez comme ils sont classés. Il y a d'une part des DVD X du commerce, avec des titres à la con du genre *Petites culottes en vadrouille*, et, d'autre part, des DVD gravés. Je vous fiche mon billet que c'est du porno amateur. Vu le genre du loustic, ce ne doit pas être *Autant en emporte le vent* ou *les Misérables* !

– Il y en a combien, comme cela ?

– Des DVD du commerce, une quarantaine, et des enregistrés, une quinzaine…

– Tiens, tu as vu ? Ils sont classés par date : 1998, 1999, 2000, 2001, etc.

– Exact, avec la mention « DB ».

– Des initiales ?

– Oui, ou alors « Diamant Bleu ».

– Bien possible. Est-ce que l'on a toutes les années ?

– Attendez, je regarde. Tiens, il manque 2004. Cela reprend en 2005.

– Vous pensez que ce serait le mobile du crime ? Une preuve compromettante ?

– C'est peut-être ça. Ou autre chose, tant qu'on ne sait pas ce qui a été pris.

– 2004, cela peut nous intéresser, intervint Giraud.

– Ah bon ? Pourquoi ?

– Cela correspond à une zone d'ombre dans la vie de notre victime.

– Quoi qu'il en soit, intervint Andréani, il va falloir embarquer tout cela, regarder ces DVD en s'attendant à du gore. Ce qui est sûr, c'est que le meurtrier a pris quelque chose dans ce foutu coffre. Est-il venu pour cela, ou bien l'a-t-il fait après coup ? L'histoire nous le dira quand on l'aura coincé. Pour l'instant, on agit. Langlois, allez voir votre indic, moi je vais prévenir la procureure. Quant à vous, lieutenant Giraud, je propose qu'on se tienne au courant mutuellement. Mais j'imagine que madame la proc va nous réunir avec votre chef dans pas longtemps, s'il s'avère que les affaires sont liées.

C'est dans ces circonstances que Giraud appela son supérieur pendant qu'il accueillait madame Gendron. D'une part, ce nouveau meurtre allait peut-être apporter un éclairage nouveau sur le premier, d'autre part, il n'allait pas avancer beaucoup tant qu'il ne pouvait pas interroger Tanguy. Il prit congé de madame Gendron, en lui promettant de la tenir au courant des résultats de l'autopsie, charge à elle de faire de même pour les obsèques à venir.

12

L'inspecteur Langlois savait où retrouver Paulo de Brest. Comme beaucoup de proxénètes, il avait ses petites habitudes, auxquelles il tenait. Notamment celle de l'apéritif à midi au bar des Deux Avenues. Il y était effectivement, sirotant son Ricard au comptoir. Langlois s'assura qu'il était seul. Il ne voulait pas le griller. Paulo eut vite fait de le repérer.

– Quel hasard, monsieur l'inspecteur ! Vous êtes venu boire l'apéro ?

– On va le dire comme cela, Paulo. Tu as deux minutes ?

– Si c'est pour causer, pas ici, monsieur l'inspecteur. Allons dehors.

Le milieu n'aime pas les balances, c'est bien connu. Ce n'était pas la peine de le compromettre.

– Le Diamant Bleu et Fred Lefaucheux, tu connais, Paulo ?

– Comme-ci, comme-ça, monsieur l'inspecteur. Mais, dites-moi, sauf votre respect, ce n'est pas tellement votre rayon, ce serait plutôt la mondaine…

– Cela m'intéresse, Paulo, qu'est-ce que tu peux me dire sur lui ?

– Ce que vous savez déjà, monsieur l'inspecteur ! Lefaucheux tient cet honorable établissement depuis sa sortie de prison.

– Et il y vend des diabolos menthe à des enfants de chœur, bien sûr ! Ne me prends pas pour un idiot, Paulo ! Je te rappelle que j'ai un dossier te concernant, au fond de mon tiroir, et qu'il vaudrait mieux pour toi qu'il y reste !

– Tout de suite les grands mots, monsieur l'inspecteur ! Qu'est-ce que vous voulez savoir exactement ?

– On sait tous que c'est un bar montant. Je voudrais avoir des infos sur un client en particulier.

– Alors faut lui demander à lui, monsieur l'inspecteur. Ses clients, je ne les fréquente pas. Moi je le connais comme çà, mais je n'ai jamais été en affaires avec lui. Du reste, il ne vaut mieux pas, en ce moment…

– Ah bon ? Pourquoi ?

Paulo se pencha pour parler à l'oreille de Langlois.

– Il est fauché. Le seul tuyau intéressant que je peux vous donner, c'est que la bande des Italiens est après lui.

– Des dettes ?

– Sans doute. Il leur doit beaucoup, paraît-il.

– Des histoires de filles ?

– Et de chnouf. C'est pour cela que j'évite, pour l'instant. Qu'ils se débrouillent entre eux.

– Chez les Italiens, je connais Luigi. C'est lui qui est concerné ?

– Vraisemblablement. Au revoir, monsieur l'inspecteur. Je ne vous ai rien dit. D'ailleurs, on ne s'est pas vu.

Paulo tourna les talons et l'inspecteur se dit qu'il fallait aller très vite au Diamant Bleu interroger le dénommé Fred Lefaucheux. Nom prédestiné pour un type fauché ?

En tout cas, ce que lui avait dit l'indic était inquiétant. S'il devait effectivement de l'argent aux Italiens, on savait comment cela pouvait se terminer. Avec une balle entre les deux yeux. Luigi, notamment, avait deux vilains défauts : il n'était pas patient et il était brutal. Langlois décida de s'y rendre sur le champ, mais pas seul. Il appela Andréani.

– C'est vous, Langlois ? Je quitte la procureure à l'instant. Comme d'habitude, elle a voulu voir la scène de crime. Si le lien avec l'affaire Dumez est prouvé, elle va sans doute nous confier l'ensemble de l'enquête. Il a du nez, ce jeune gendarme, Giraud. Enfin, pour l'instant, on poursuit chacun de notre côté. Moi, ça m'arrange, parce que leurs montagnes, c'est bien joli, mais l'escalade, c'est davantage leur truc. Et votre indic, cela donne quoi ?

– Cela donne que je passe vous prendre et que nous allons au Diamant Bleu, patron !

Langlois résuma son échange avec Paulo. Il fallait questionner Lefaucheux avant qu'il apprenne la mort du notaire. Les deux policiers convinrent de se retrouver et de prendre la route tout de suite.

Le Diamant Bleu se trouvait en rase campagne, à vingt kilomètres du centre-ville, à l'écart de la route et accessible de celle-ci par un chemin vicinal traversant un champ. Emplacement discret pour des activités du même acabit. Chemin faisant, les deux policiers avaient été doublés par plusieurs voitures de pompiers, toutes sirènes hurlantes. Andréani n'y avait pas prêté attention plus que cela ; en revanche, une épaisse fumée noire les intrigua alors qu'ils étaient à l'approche de la destination.

– J'ai un mauvais pressentiment, Langlois !

– Quoi ? vous pensez que…

– Qu'on arrive trop tard, oui. Regardez plutôt, dit Andréani en s'engageant sur le chemin. C'est bien là que nous allons.

Cinq camions-citernes arrosaient copieusement un bâtiment calciné. L'incendie, venu de l'intérieur, avait fait exploser toutes les vitres et noirci les murs. Heureusement, les pompiers étaient intervenus suffisamment tôt et le toit ne s'était pas effondré. Le feu semblait maîtrisé. Sur le parking, Andréani avisa un vieux paysan qui contemplait le spectacle. L'intérêt de la campagne, c'est l'absence de badauds…

– Vous êtes voisin, sans doute, monsieur ?

– Eh oui ! C'est moi qui ai prévenu les pompiers ! J'habite là-bas, dit le vieux avec un geste vague.

– Il y a longtemps que cela brûle ?

– J'ai vu de la fumée, il y a une heure, à peu près. Ils sont arrivés tout de suite.

– Que s'est-il passé, d'après vous ?

– Oh, vous savez, ce genre de crèche, ce n'est pas là que je vais ! Demandez plutôt aux pompiers !

C'était bien l'intention d'Andréani, qui avisa le capitaine et se présenta.

– Vous tombez bien et vous m'évitez de vous appeler, commissaire ! La police est rapide, sur ce coup-là !

– Et pourquoi vous dites cela ?

– Il y a une victime au rez-de-chaussée. Et l'incendie est, de toute évidence, d'origine criminelle.

– Qu'est-ce qui vous fait penser cela ?

– On a retrouvé quatre jerricans. Et il y a eu plusieurs départs de feu. Comme si on avait voulu assurer la destruction complète de cette baraque. Quant à la victime, elle est au rez-de-chaussée. Normalement, elle aurait dû avoir le temps de sortir. C'est étonnant qu'elle ne l'ait pas fait.

– Comment ?

– Vous allez voir dès qu'on pourra entrer. D'habitude, on retrouve les gens allongés par terre. Là, la personne est à moitié carbonisée – parce que nous sommes arrivés vite – assise sur ce qui reste d'une chaise. C'est étrange.

– Et cette victime, elle est identifiable ?

– Pas vraiment. Ce doit être le patron de la taule. Il n'y a qu'une voiture sur le parking.

Langlois repensa à ce que lui avait dit Paulo. Cela ressemblait fortement à une vendetta et à une exécution par le feu.

– Vous êtes montés à l'étage ?

– Pas encore, j'attends que ce soit sécurisé et on y va.

– Dites-moi dès que c'est possible. Venez, Langlois, allons voir cette voiture sur le parking.

Ils avisèrent une BMW grise. Assez récente et fermée à clé.

– Vous voulez que j'essaie de l'ouvrir, patron ? J'ai quelques talents, vous savez.

– Pas la peine, Langlois, avec l'immatriculation, on va savoir à qui elle appartient. Si cela se trouve, c'est au dénommé Lefaucheux. Cela nous suffira pour l'instant.

– Tiens, patron ! Vous avez vu les traces de pneus, à côté de la BM ?

– Oui, effectivement. Une voiture s'est garée à côté, puis elle a fait marche arrière pour repartir. Tiens ! Un filtre de cigarette.

– Vous pensez que cela peut être un visiteur de ce matin, patron ? Qui aurait mis le feu ?

– Peut-être, Langlois. Ou un client hier soir. Je vais demander à nos collègues de relever les empreintes de pneus. Et moi, je récupère le filtre, dit le commissaire en se baissant pour l'emballer. On dirait une Marlboro…

– Si c'est le pyromane, il n'est pas discret, commenta Langlois.

Les deux hommes furent interrompus par le vieux paysan.

– Ce n'est pas que j'écoute aux portes, mais, ce matin, il y a effectivement une voiture qui est venue.

– À la bonne heure ! Vous êtes observateur, vous, au moins !

– Oh, il n'y a pas besoin ! C'est l'heure où je promène mon chien. Comme c'est tout plat par ici, ce n'est pas compliqué ! Surtout que, le matin, il n'y a jamais personne. C'est plutôt le soir qu'il y a du monde.

– Puisque vous êtes observateur, monsieur, vous savez quel genre de voiture c'était ?

– Ah, pour sûr ! C'était une Corvette jaune.

– Une Corvette jaune ! Vous en êtes certain ? Ce n'est pas courant.

– C'est bien pour cela que je l'ai reconnue. C'est pas comme ces BM, elles sont toutes pareilles et elles sont toutes grises !

– Vous m'avez l'air de vous y connaître en voitures.

– Vous savez, c'est ma seule passion depuis que je suis veuf. Je lis toutes les revues.

– Revenons à cette Corvette jaune. C'était quelle heure, à peu près ?

– Je sors mon chien à 11 heures pile. C'était donc vers 11 heures et demie.

– Et elle est restée longtemps, cette Corvette ?

– Je ne saurais pas vous dire exactement. Je l'ai vu arriver, un type en descendre. C'est le moment où je rentre dans le bois. Quand j'en suis ressorti, peut-être trois quarts d'heure après, la voiture était partie et la baraque brûlait. J'ai couru chez moi pour appeler les pompiers. Je n'ai pas de portable, vous savez.

Observateur et réactif, le vieux, pensa Andréani. S'il avait vu cet homme de loin, il fallait espérer pour lui que la réciproque ne soit pas vraie. Car cela sentait à plein nez le règlement de comptes entre truands. Et, dans ce cas-là, les témoins sont toujours gênants.

– Merci, monsieur, votre témoignage nous est précieux. Nous serons amenés à vous recontacter. C'est monsieur comment ?

– Loriot, Amédée Loriot. J'habite la ferme, là-bas.

– Entendu, monsieur Loriot. À bientôt. Qu'en pensez-vous, Langlois ?

– J'en pense que des Corvette dans le coin, on va les compter sur les doigts d'une main. Ils ne sont décidément pas discrets, nos pyromanes !

Andréani contacta la préfecture. Il allait faire d'une pierre deux coups : d'une part, savoir à qui appartenait la BMW du parking et, d'autre part, qui possédait une Corvette dans le département. Cette voiture, particulièrement voyante, et le mégot de cigarette, cela pouvait être le début d'une piste. Le capitaine des pompiers intervint :

– C'est sous contrôle, messieurs ! Si vous voulez venir avec moi, on peut y aller.

Les trois hommes pénétrèrent dans le bâtiment. Une odeur âcre y régnait, et ils barbotaient dans un magma fait de cendre, de débris divers et d'eau. Ils repérèrent tout de suite une forme humaine, tassée sur ce qui avait été une chaise métallique. Tandis que les pompiers grimpaient à l'étage à la recherche d'autres victimes, les deux policiers s'attardèrent sur le corps calciné. Andréani en fit le tour.

– Nom de Dieu ! Vous voyez ce que je vois, Langlois ?

– Quoi donc ?

– Regardez derrière ! Il a été menotté ! C'est pour cela qu'il ne risquait pas de sortir.

Langlois rejoignit le commissaire derrière le cadavre.

– La vache ! Ils ne l'ont pas loupé !

Le capitaine des pompiers redescendait l'escalier avec précaution.

– Il n'y a rien à l'étage, messieurs. Alors, ce macchab ?

– Voyez vous-même, capitaine ! Plus qu'un incendie criminel, c'est un assassinat.

Tandis que le pompier découvrait à son tour cette mort sordide, Andréani décrocha son portable. Le service des cartes grises rappelait. La conversation fut courte et conclue par un « je m'en doutais ».

– Alors, patron ?

– Alors on va tout mettre sous scellés, embarquer la BM qui appartient bien à Lefaucheux. À tous les coups, c'est lui sur la chaise. Il n'y a plus qu'à faire venir notre amie la procureure et nos amis de l'identité judiciaire. Ils feraient mieux de rester avec nous ; ils gagneraient du temps !

– Et la Corvette ?

– Je vous dirai, c'est pour la suite.

– Et ce… monsieur ?

– Direction la morgue pour autopsie. Il est mort cramé, mais est-ce qu'on ne l'aurait pas un peu travaillé avant ? Allez savoir ! Et là-haut, capitaine ? On peut monter ?

– Oui. Allez-y un par un dans l'escalier. Vous verrez, il n'y a que des chambres, avec un mobilier sommaire : lit double et cabinet de toilette. Le tout bien cramé.

– Pas étonnant pour un bar montant ! Allons voir.

La description du capitaine des pompiers était exacte. Un couloir central desservait une dizaine de chambres. Toutes vides. Andréani nota une issue de secours, conforme à la réglementation, au bout du couloir. Mais la porte était restée fermée. À cette heure matinale, Lefaucheux était seul, et c'est bien lui qui était visé. Les trois hommes redescendirent et Andréani prit à part Langlois.

– La Corvette appartient à une dénommée Elisa Rossi. Cela ne me dit rien, mais c'est sans doute un prête-nom de Luigi. On va déclencher un contrôle sur les routes et la filer discrètement. Comme ils ne savent pas qu'on sait, on a une longueur d'avance.

La brigade criminelle arrivée, le commissaire organisa la visite de la procureure – décidément, on ne se quitte plus –, l'évacuation du corps et de la voiture, et la sécurisation de cette nouvelle scène de crime. Les journalistes étaient déjà là. Raymonde Mesnard fit un court communiqué parlant d'un incendie d'une rare violence qui avait malheureusement fait une victime. Une enquête était ouverte, n'excluant aucune hypothèse. Fin de citation. Pas la peine qu'ils se mettent à faire le lien avec le meurtre du notaire, ou, pire encore, avec celui de Georges Dumez.

Le colonel Chappaz étant arrivé entretemps, la procureure organisa une réunion qui permit de mettre à plat un certain nombre d'éléments. Très vraisemblablement, les deux derniers crimes étaient liés, puisque les deux victimes se connaissaient au travers d'activités répréhensibles, et que l'une avait appelé l'autre le jour du double crime. Mais plein de questions se posaient :

– Si la mort du notaire était ignorée de Lefaucheux, le meurtrier de ce dernier en avait-il connaissance ?

– Plus précisément, était-ce le même qui avait tué les deux hommes, dans un laps de temps si rapproché ? Avait-on affaire à un serial killer ?

– Luigi avait une raison pour en vouloir à Lefaucheux, mais ce n'est pas en le tuant sauvagement qu'il allait recouvrer sa créance. Et puis, il fallait prouver sa culpabilité, on en était loin. Et quel rapport avec un notaire, et plus encore avec un garagiste amateur de montagne ?

– D'où venaient les fonds – plutôt conséquents – trouvés dans le coffre du notaire ?

– Pourquoi son assassin n'y avait-il pas touché ?

– S'il y avait un mobile possible pour Lefaucheux, les dettes, quel était celui du meurtre du notaire ? Vengeance ? Chantage ? Élimination d'un témoin ?

– Masson avait été tué discrètement, en pleine nuit. Ce n'était pas le cas pour Lefaucheux. Pourquoi ? Y avait-il une telle urgence pour l'exécuter si rapidement et de façon si visible ?

– Y avait-il un lien avec l'affaire Dumez ? On pouvait le penser, puisque la façon de tuer était la même. En revanche, les circonstances n'étaient pas les mêmes, et les mises en scène, bandeau sur les yeux et autres menottes, différenciaient les meurtres.

– Pour les deux derniers, y avait-il un ou plusieurs meurtriers ?

Raymonde Mesnard conclut en distribuant les rôles :

– Colonel Chappaz, vous restez en charge de l'enquête Dumez jusqu'à nouvel ordre, d'autant plus que vous avez des investigations en cours. Si jamais un lien évident avec l'assassinat du notaire et celui de Lefaucheux s'avère, on reconsidérera la question de vous en décharger au profit du commissaire Andréani. Qui, pour l'instant, a deux meurtres sur les bras, je lui souhaite bon courage ! Messieurs, je vous invite à collaborer étroitement.

Ce n'était pas la peine de le leur dire. Chappaz s'était procuré des photos de Dumez et les avait transmises au commissaire. Ce dernier s'engagea à chercher le lien entre ses deux victimes et le garagiste. Bien sûr, il tiendrait le colonel informé.

13

Le jeune gendarme Royer commençait à s'ennuyer fermement dans sa voiture banalisée. Après une nuit passée devant le domicile de Jean Poirier pendant laquelle il ne s'était strictement rien passé, il devait observer maintenant les faits et gestes de Sylvie Rivolet. Cela faisait une heure que celle-ci avait rejoint son domicile, en quittant le garage, et que c'était le calme plat. Il alluma une nouvelle cigarette et allait relire pour la troisième fois *le Dauphiné libéré* qui ne parlait que du tueur fou de Chamechaude, quand son attention fut captée par un mouvement de la porte de l'immeuble. Elle sortait. Il attendit quelques secondes qu'elle s'approche de sa voiture et mit le contact. Enfin, il allait se passer quelque chose. Il nota au passage que Sylvie s'était changée. On pouvait même dire apprêtée. Un corsage très seyant, une mini-jupe sexy, du rouge à lèvres, tout y était. Il était 19 heures. Un dîner en ville peut-être ? Il allait le savoir dans pas longtemps, car Sylvie démarra dans sa Twingo. Il se mit à la suivre à une distance respectueuse.

La filature dura quelques kilomètres, au bout desquels la Twingo s'engagea sur un parking. Celui-ci était occupé par plusieurs voitures garées côte à côte. Sans doute des randonneurs qui n'allaient pas tarder à rentrer. Sylvie ne devait pas aimer la promiscuité, car elle alla se garer à distance. Royer ne commit pas l'erreur de la suivre trop près et rangea sa voiture près de celle des randonneurs, de manière à garder la Twingo en ligne de mire. Qu'est-ce que cela signifiait ? Elle n'allait pas partir sur un chemin de rando en talons hauts ? En fait, il ne se passait rien ; Sylvie restait dans sa voiture. Elle devait attendre quelqu'un, cela sentait le rendez-vous galant. Une 308 fit son entrée sur le parking et alla se garer près de la Twingo. Une famille en sortit, avec des provisions. Ils allaient profiter du beau temps pour pique-niquer sur place. Comme il y avait les parents, deux jeunes enfants et une grand-mère, le déchargement prit un peu de temps. Curieusement, Sylvie redémarra et alla se garer plus loin, à l'écart de toutes les voitures présentes. Royer en conclut qu'elle n'avait pas envie d'être importunée. Dix minutes s'écoulèrent à nouveau et les randonneurs commençaient à rentrer. Le gendarme se dit que sa filature allait devenir visible s'ils partaient tous lorsqu'un fourgon arriva à son tour et vint se garer à côté de la Twingo. Curieusement, personne n'en descendit. En revanche, Sylvie quitta sa voiture et grimpa dans le fourgon par les portes arrière. Le conducteur sortit alors de son véhicule et la rejoignit.

– Bon, ça va, pas besoin de me faire un dessin, grommela le jeune gendarme.

Il releva le numéro d'immatriculation et s'inséra dans la file des voitures de randonneurs qui quittaient le parking. Cela lui permit de passer à proximité du fourgon sur le flanc duquel il releva « garage Dumoulin » suivi d'une adresse à Vizille. Le colonel allait être content. Et la réputation de Sylvie n'était pas usurpée.

Pendant que cette dernière s'ébattait dans un fourgon sur un parking, Chappaz prenait connaissance de l'autopsie réalisée par le légiste sur le corps de Georges Dumez. Des termes médicaux un peu compliqués disaient en clair que la victime était en parfaite santé. Des organes de taille et poids normaux, aucune trace de drogue ou même d'alcool. Dumez était mort d'hémorragie suite à trois coups de couteau, foie-gorge-cœur, chacun étant mortel. Les coups avaient bien été portés par un droitier, comme il l'avait pressenti, ce qui innocentait Poirier. Le légiste avait signé le permis d'inhumer, et le colonel appela madame Gendron pour l'en informer. Celle-ci avait anticipé et commencé à organiser les obsèques. Elles auraient donc lieu le surlendemain, vendredi, à La Mure, où se trouvait le caveau de famille. Chappaz pensa aussitôt qu'il y aurait beaucoup de monde, eu égard à la notoriété de la victime et la manière dont elle était morte.

Il fut appelé dans la foulée par Jean Poirier, de retour de Paris. Les nouvelles étaient plutôt bonnes : le responsable réseau avait apprécié sa transparence et son sérieux. La manière dont il s'exprimait et anticipait l'avenir donnait confiance. Il repartait avec l'assurance que son contrat de concession ne serait pas remis en cause, charge à lui de présenter, sous trois mois, un plan d'action financier. On lui avait même proposé une *task-force* venue du siège pour lui donner un coup de main, qu'il avait poliment refusée, préférant rester patron chez lui.

Les événements se précipitèrent le lendemain matin d'une manière assez inattendue : la Corvette jaune fut interceptée facilement par un barrage, au péage de l'autoroute. La voiture fut immédiatement immobilisée, et sa conductrice et propriétaire, Elisa Rossi, conduite dans un fourgon, toutes sirènes hurlantes, auprès du commissaire Andréani. Ancienne prostituée, Elisa n'était pas à proprement parler une personne très distinguée, et quelques noms d'oiseau prononcés à l'égard de la police fusèrent dans les couloirs. Le commissaire entreprit de calmer le jeu en étant bien conscient qu'elle était a priori innocente de l'incendie et du meurtre du Diamant Bleu, puisque c'était un homme, et non une femme, qu'avait mentionné le vieux paysan.

– Vous n'avez pas le droit ! Vous n'avez aucun mandat ! hurlait Elisa. Vous allez voir comment cela va faire quand Luigi va s'en mêler, tout commissaire que vous êtes !

– On va se calmer, la miss ! répondit calmement le commissaire. Si c'est un mandat que vous voulez, je peux en avoir un pour tous les deux dans cinq minutes, le temps d'appeler la procureure. Dites-moi plutôt où vous étiez hier matin.

– Hier matin ? Elle est bonne, celle-là ! C'est facile, j'étais à Nice auprès de ma vieille maman ! J'y suis restée deux jours, hier et avant-hier. C'est facile à vérifier, j'ai pris l'avion.

– Et votre voiture ?

– Elle est restée là. Il faut demander à Luigi s'il l'a utilisée.

– Eh bien, allons lui demander. Où est-il ?

– Comme d'habitude, au Pacha. Je peux le prévenir ?

– Certainement pas. Vous restez là pour l'instant. On revient dans cinq minutes.

– Je suis en garde à vue ? Je peux appeler mon avocat ?

– Vous pouvez, mais ce n'est peut-être pas nécessaire. En fonction de ce que Luigi va nous dire, on pourrait bien vous relâcher rapidement, vous et votre voiture.

L'interpellation de Luigi fut une autre paire de manches. Il hurla, tempêta, menaça. Heureusement, Andréani et Langlois savaient comment désamorcer ce genre de situation.

– Luigi, ce n'est pas compliqué. C'est comme les excès de vitesse. Dis-nous qui conduisait la Corvette hier. Soit c'est toi soit c'est pas toi. Dans le premier cas, tu nous suis bien gentiment et, ne t'inquiète pas, on a tous les papiers qu'il faut pour t'arrêter. Si ce n'est pas toi, tu nous dis qui c'est. Tout de suite.

Le truand se calma un peu.

– C'est pas vrai que Matteo a fait le con, murmura-t-il.

– Qui est-ce, Matteo ?

– Un de mes gars. Il a les clés, mais ne doit pas utiliser la voiture. Il aura voulu faire le malin et épater les filles !

– Pour faire le malin, c'est réussi ! commenta Langlois. Il est où ton Matteo ?

– Vous en avez besoin, là, tout de suite ?

– C'est selon. Si ce n'est pas lui, c'est toi qu'on embarque, ainsi que madame. Tu écoutes la radio et tu lis les journaux ? Tu sais ce qui s'est passé hier au Diamant Bleu ? C'est ballot, ta voiture, ou plutôt celle de madame, est dans le coup. Donc, ne t'inquiète pas, les mandats d'amener, on les a. Il est où, Matteo ?

– Ben, au bar, en dessous.

Un grand bruit confirma ces propos. Le dénommé Matteo, genre truand à la gueule d'amour, s'était tenu tranquille dans un premier temps, pour ne pas éveiller l'attention des policiers restés en faction devant la boîte. Puis, lorsqu'il avait entendu prononcer son nom une fois, puis deux, puis trois, il avait tenté une sortie en force. Mais les policiers postés à la sortie l'avaient maîtrisé.

– En fait d'excès de vitesse, c'est un délit de fuite ! Allez, emballez-moi tout cela ! Direction le commissariat et on les interroge séparément !

Le commissaire avait pris la précaution de séparer les deux truands pendant le court trajet qui les séparait du commissariat. Il valait mieux, car si les yeux de Luigi avaient été des mitraillettes, Matteo serait mort depuis longtemps.

Interrogatoire de Luigi.

– Bon, Luigi, on va faire simple. Qu'est-ce que Matteo est allé faire au Diamant Bleu hier matin ?

– Quel con ! Avoir pris la Corvette !

– Ce n'est pas ma question, Luigi. À cette heure matinale, c'était pour un café, une limonade, ou un recouvrement de créance ?

– Je vois que vous êtes un peu au courant, monsieur le commissaire. Il devait effectivement ramener de la monnaie. Lefaucheux me doit cinquante plaques, et il était prévenu. S'il ne payait pas, Matteo avait pour mission de lui faire un peu peur.

– Qu'appelles-tu « faire peur » ?

– Eh bien, casser quelques bouteilles et lui mettre deux ou trois beignes. Seulement, cela ne s'est pas passé comme prévu.

– C'est le moins qu'on puisse dire ! Un incendie et un mort ! Ton Matteo, il a pulvérisé les objectifs !

– Même pas ! Quand il est arrivé, la maison brûlait et les pompiers étaient là. Il n'est pas entré et il a fait demi-tour. Et moi, mes cinquante plaques, je peux toujours courir !

Ceci était contradictoire avec le témoignage du vieux Loriot, et aussi, avec ce que les deux policiers avaient observé eux-mêmes. Luigi mentait. À moins que…

Andréani quitta la pièce et alla rejoindre Langlois, qui, de son côté, interrogeait Matteo.

Interrogatoire de Matteo par l'inspecteur Langlois.

– Matteo, où étais-tu hier matin ?

– Ben, au bar, monsieur l'inspecteur, comme d'habitude.

– Tu mens. Ton patron a reconnu que tu avais pris la Corvette et, pas de chance, quelqu'un t'a vu avec au Diamant Bleu. Juste avant que cela brûle. C'est toi qui as tué Lefaucheux et mis le feu !

– Ce n'est pas moi, monsieur l'inspecteur ! J'y suis allé, c'est vrai, avec la Corvette, c'est vrai, mais quand Lefaucheux m'a dit qu'il n'avait pas l'argent, je suis reparti en lui disant que je reviendrai dans deux jours. C'est tout.

– Ben voyons. Au fait, tu fumes ?

S'il avait un physique avantageux, Matteo ne brillait pas par l'intelligence. Langlois avait compris que c'était le voyou qu'on utilisait pour des coups de main, en tant qu'exécutant. Il ne fallait pas qu'il prenne d'initiative, sinon il faisait de grosses bêtises, qu'il dissimulait par des mensonges encore plus gros.

– Oui, des Marlboro…

– Comme ce mégot, dit Andréani en exhibant l'indice trouvé la veille. Avec tes empreintes dessus. Ce n'est pas bien, tu sais, de jeter les mégots par terre. Cela pollue.

Matteo commençait à perdre le contrôle. Il suait à grosses gouttes et, surtout, il ne savait pas trop ce que Luigi avait raconté à côté. Les deux policiers passaient d'une pièce à l'autre, tandis que les deux truands étaient séparés.

– Bon, reprenons. Quelle était ta mission, hier ?

– De ramener ce que Lefaucheux nous devait. Et s'il ne payait pas, lui donner une leçon.

– C'est-à-dire ?

– Dans un premier temps, on casse un peu le matériel. Deux jours après, c'est une balle dans le genou. C'est le tarif du premier avertissement. Après, c'est l'autre genou.

– Et pourquoi tu es allé au-delà ? Pourquoi tu l'as tué en foutant le feu ?

– Mais je ne l'ai pas tué, monsieur l'inspecteur ! Je vous le jure ! Quand je suis arrivé, il était déjà mort !

14

– Qu'est-ce que tu me chantes là ?

– Je vous le jure, monsieur l'inspecteur ! Quand je suis arrivé, Lefaucheux était menotté sur sa chaise, plein de sang. C'est pour cela que j'ai foutu le feu ! Pour qu'on ne m'accuse pas du meurtre et que Luigi ne m'engueule pas ! Déjà qu'il ne savait pas que j'avais pris la Corvette !

Cela partait du cœur. Matteo était un être primaire, et Langlois savait reconnaître les accents de la sincérité. Cela pouvait expliquer aussi que, sous l'effet de la surprise, il soit reparti sans trop regarder aux alentours. Et qu'il fasse une énorme bêtise pour dissimuler une situation imprévue, doublée d'un emprunt de voiture.

– Reprenons calmement. Tu arrives au Diamant Bleu pour récupérer du fric. À quelle heure exactement ?

– Disons 11 heures et demie.

– OK, cela se tient. Après ?

– C'est simple. Lefaucheux était là, menotté sur une chaise. Plus mort que mort. On l'avait saigné comme un cochon. Un coup de couteau à la gorge. Et puis un autre en plein cœur et encore un dans le ventre.

– Attends, répète. Où cela les coups de couteau ?

– Un au cœur, un dans le bide et un à la gorge. Il était attaché, il n'a pas pu se défendre.

– Et alors, qu'as-tu fait ?

– D'abord, j'ai sorti mon pétard, si jamais on me tombait dessus. Mais la taule était vide. Alors je me suis dit : « Mon petit Matteo, ce n'était pas prévu, cette affaire-là. Je vais me faire engueuler par Luigi parce que je ne rapporte pas un rond et, en plus, j'ai pris sa voiture sans qu'il le sache. Pour peu que je croise quelqu'un, on va me mettre le crime sur le dos. Il faut faire disparaître le corps, mais comment ? Je ne vais quand même pas le charger dans la Corvette et salir les sièges ! » Alors j'ai avisé des jerricans qui étaient là. C'était de l'essence. Je me suis dit qu'un bon incendie effacerait toutes les traces. J'ai mis le feu et je suis parti. J'ai dit à Luigi que, quand j'étais arrivé, c'était en train de brûler, avec des pompiers partout, et que je n'avais pas pu entrer.

Langlois se dit que, même s'il mentait à nouveau, cet aveu d'incendie volontaire suffisait pour le mettre en garde à vue et le faire inculper. D'autre part, si cette histoire de coups de couteau était vraie, cela faisait une sacrée coïncidence avec le meurtre du notaire quelques heures plus tôt, et aussi celui de Dumez. Si le corps n'était pas trop carbonisé, l'autopsie permettrait de confirmer les dires de Matteo. Il conclut en disant :

– Tu vas me signer ta déposition, Matteo. Et la prochaine fois, vas-y en Solex, c'est moins rapide, mais plus discret !

15

Le légiste confirma que Lefaucheux avait bien été poignardé avant que son corps soit à moitié calciné. Matteo avait dit vrai. Il fut donc inculpé d'incendie volontaire et mis en détention. En revanche, Andréani dut relâcher Luigi et Elisa, à qui l'on n'avait rien à reprocher. Il ne le fit pas sans poser quelques questions, en lui conseillant vivement de collaborer. Mais Luigi était prudent et se contenta de réponses évasives.

– Parle-moi de maître Masson, Luigi. Tu le connaissais ?

– Un peu, monsieur le commissaire. Quand on achète ou on vend un bien, on est bien obligé de passer par un notaire. J'ai dû le voir une fois ou deux. Mais il y a longtemps.

– Et cet argent que te devait Lefaucheux, c'est quoi exactement ?

– Des vieilles histoires entre nous, monsieur le commissaire. Mais je ne vois rien qui puisse vous intéresser.

– Selon toi, ils se connaissaient, Lefaucheux et Masson ?

– Alors là, je n'en sais strictement rien !

Andréani n'insista pas. Il n'en tirerait rien. Il avait bien une idée sur la question. Luigi régnait sur une partie du trottoir de Grenoble et il avait sans doute fourni des filles au Diamant Bleu, d'où une créance potentielle. Mais cette activité illicite était couverte par ses collègues de la mondaine, à qui il servait d'indic à l'occasion. D'autre part, il avait certainement réalisé des transactions immobilières, d'où une connexion avec maître Masson. Là encore, il fallait éplucher la comptabilité de ce dernier pour expliquer la présence de vingt lingots et deux millions d'euros en espèces dans son coffre. Du black, de toute évidence. Et ce n'était pas la vieille fille naïve qui l'assistait qui allait pouvoir les aider.

Il en était là de ses réflexions quand l'inspecteur chargé d'exploiter les DVD saisis chez maître Masson fit irruption dans son bureau.

– Vous avez un moment, commissaire ? Il y a peut-être du grain à moudre…

– Allez-y, cela m'intéresse !

– J'ai visionné tous les DVD, en accéléré, et tiré quelques photos. Je vous préviens, c'est assez gore.

– Montrez toujours.

– Le Diamant Bleu avait deux activités : il organisait des partouzes, d'une part, et puis il recevait aussi des messieurs seuls à qui il fournissait des filles. Des scènes ont été filmées. J'ai sélectionné des photos représentatives.

– Et vous avez retrouvé Masson parmi les clients ?

– Bien entendu. Il faisait partie des clients fidèles, ce qui explique sans doute le coup de fil de l'autre matin.

– Et les filles ?

– J'ai vu nos collègues de la mondaine. Ils en connaissent plusieurs. La plupart du temps, ce sont des filles de l'Est à qui on fait miroiter un job de serveuse, et qui sont prises sous la coupe d'un Luigi en arrivant. Qui leur confisque leur passeport au passage. Mais il y en a d'autres qu'ils ne connaissent pas du tout. Notamment des jeunes.

– Des mineures ?

– Ce n'est pas exclu. Il va falloir les communiquer à nos collègues chargées des disparitions.

– Faites voir les photos.

Le commissaire examina les pièces en surmontant sa répulsion. Certains clients avaient évité la caméra. Sans doute des notables locaux qui prenaient leurs précautions pour ne pas être reconnus. D'autres étaient moins prudents et œuvraient à visage découvert.

– Tiens, celui-ci, c'est Masson. Et là, vous avez vu ce type ? Si on était vaches, on enverrait la photo au *Canard enchaîné* !

– C'est qui ?

– Un conseiller général, mon cher !

– Eh bien, bravo !

– Bon, revenons à l'enquête. Un bar montant, des macs qui exploitent des pauvres filles, des honorables bourgeois qui en profitent, il n'y a rien de nouveau sous le soleil, malheureusement. Ce qui m'intéresse, ce sont nos deux meurtres, et aussi celui dont s'occupe Chappaz. Le fameux Dumez ferait-il partie des clients ?

Tout en se posant la question à voix haute, Andréani avait sorti la photo confiée par le colonel Chappaz. Les deux policiers confrontèrent les clichés, mais sans succès.

– Je ne vois rien qui ressemble, dit Andréani. Je vais quand même faire passer un double de ces photos à Chappaz, à toutes fins utiles. De notre côté, on va essayer d'identifier tous ces joyeux lurons.

– Tiens, celui-là, je l'ai déjà vu quelque part ! Mais où et quand ? s'exclama Langlois.

– Si cela vous revient, c'est peut-être intéressant. Vous voyez, là, il est avec Masson.

– Effectivement. Ils sont ensemble à plusieurs reprises. Ils se connaissent forcément.

– Et les autres ?

– Je ne connais pas tout Grenoble, monsieur le commissaire !

– Bon. Il y en a peut-être un qui pourra nous aider pour l'identification des filles, c'est Matteo. Il a bien dû en fournir quelques-unes, et puis on l'a sous la main. Mais ce n'est pas la priorité pour l'instant.

Andréani allait remercier son collaborateur lorsque le téléphone sonna. C'était Chappaz qui venait aux nouvelles.

– Dites-moi, notre amie Raymonde, elle ne relâche pas la pression ! Elle m'appelle deux fois par jour pour me demander où j'en suis. Et, pour l'instant, je n'en suis nulle part. L'ex-salarié licencié que je veux interroger n'est toujours pas revenu. Et vous ?

Andréani fit part des derniers éléments de l'enquête, à savoir l'exploitation des DVD trouvés chez le notaire, et surtout la manière dont Fred Lefaucheux avait été tué, qui rappelait étrangement le meurtre de Georges Dumez. La réaction de Chappaz fut immédiate :

– Vous dites un coup de couteau à la gorge, un au foie et un autre au cœur ? Il faudrait confronter les rapports de nos légistes respectifs. Cela fait une sacrée coïncidence ! D'autant plus que, dans les deux cas, on a trois coups, pas plus, pas moins, chacun étant mortel. On a affaire à un tueur professionnel.

– Ou alors à un chirurgien recyclé, plaisanta Andréani.

– Vous savez quoi ? L'enterrement de Dumez a lieu demain vendredi à La Mure. Je vais y aller avec Giraud fouiner sur place. Venez aussi ! Je vous invite, si je puis dire !

Andréani réfléchit rapidement. Il n'était pas censé interférer dans l'enquête Dumez, mais si Chappaz le lui proposait, il n'y avait aucun problème. Par ailleurs, le mode opératoire des meurtres était trop proche pour ne pas être analysé plus à fond. Il donna son accord. Les deux hommes décidèrent de mettre leurs légistes respectifs en rapport et de s'échanger toutes les pièces utiles. L'enterrement étant à 9 heures, ils étaient convenus de se retrouver après pour un debriefing complet et un échange de documents.

Quand la procureure Raymonde Mesnard appela pour demander où l'on en était depuis l'arrestation de Matteo, le commissaire lui fit part de cette collaboration. Elle réagit positivement :

– Excellente chose, commissaire ! Il ne sera pas dit que la police et la gendarmerie ne travaillent pas bien ensemble. Il y a beaucoup d'éléments communs dans ces trois affaires, et vous avez tout intérêt à partager vos informations. C'est un peu tôt pour les réunir en une seule enquête, j'attends que Chappaz mette la main sur son fameux chef d'atelier.

16

Le petit monde du commerce en général, et de l'automobile en particulier, était là au grand complet, bien avant l'heure. Les visages étaient compassés, les costumes sombres de sortie et les voitures de démonstration bien astiquées en évidence aux abords de l'église. Encore moins discrète, une camionnette France 3 Régions s'était garée à proximité. Trois quarts d'heure avant la cérémonie, l'église était déjà pleine. Deux files d'attente s'étaient formées devant les registres de condoléances, et du monde s'amassait à l'extérieur. La famille serait plutôt réduite, puisqu'elle se résumait à la sœur de Georges Dumez, son mari et leur fille unique. En revanche, le personnel de la concession, les garagistes de la région, les patrons de PME du coin, les élus locaux étaient tous là. Jean se tenait derrière l'espace réservé à la famille, mais devant le reste de l'assistance. Madame Duchemin, l'ex-femme de Georges était également présente. Elle s'était installée aux côtés de la femme de Jean.

Suite à la proposition du colonel Chappaz, Andréani et Langlois étaient venus aux obsèques. Tout indice serait bon à glaner, et il ne fallait rien négliger. L'assassin, de toute évidence connu de la victime, reviendrait-il sur les lieux, non pas du crime, mais de l'enterrement ? Et surtout, y avait-il un lien entre l'affaire Dumez, d'une part, et les affaires Lefaucheux-Masson, d'autre part ? Cette journée fournirait peut-être un début de piste.

Comme toujours avant l'arrivée du cercueil, les conversations chuchotées s'unissaient dans un bruissement continu. Quelle histoire ! Ce pauvre Georges, qui aurait pu penser ? À ton avis, qui a fait le coup ? Bien sûr, des gens pouvaient lui en vouloir, mais de là à… Et le garage, comment cela va rouler, maintenant ? C'est arrivé en montagne, mais cela aurait pu se passer dans son affaire, moi, j'ai toujours le flingue à portée ! Avec les dingues qu'il y a maintenant, cela vaut mieux ! Tu as vu, son ex est venue quand même.

Andréani profita de ce léger brouhaha pour glisser à Langlois :

– Pas la peine de rester ensemble. Ce qui nous intéresse aujourd'hui, c'est ce qui se dit. Ouvrons les oreilles, chacun de notre côté. Allez dans l'allée de droite, moi dans celle de gauche et on se retrouve à la sortie.

– D'accord.

– Autre chose. J'ai prévu de récupérer la copie du registre de condoléances auprès des pompes funèbres. On ne sait jamais…

Tandis que le commissaire terminait sa phrase et que Langlois changeait d'allée, le silence s'était fait, annonçant l'arrivée du convoi. Le prêtre avait remonté l'allée centrale pour accueillir ce dernier. Des fleurs, cela n'allait pas manquer. Dans ce milieu où le paraître est important, tout le monde y était allé de sa couronne, et les employés des pompes funèbres avaient bien du mal à tout caser. Le concessionnaire voisin n'était pas en reste, puisqu'il s'était fendu d'une énorme gerbe que deux employés transportaient, non sans mal. C'était à coup sûr la plus voyante. Andréani pensa que c'était une bonne chose que Langlois soit un peu plus loin, car, avec sa gouaille habituelle, il n'aurait pas manqué de faire remarquer qu'on se croirait plus au Carnaval de Rio qu'à un enterrement dans les Alpes. Bien sûr, ce genre de remarque aurait été de mauvais goût, cela dit, si on allait au fond des choses, qui était réellement triste ? Quatre-vingt-dix-neuf pour cent des gens présents étaient là en représentation. La famille, qui passait maintenant derrière le cercueil, avait l'air absente, voire détachée. La sœur, la quarantaine élégante, plutôt BCBG. Son mari, pareil. Seule leur fille, treize ans, avait la larme à l'œil. L'émotion du préado, sans doute. Il est vrai qu'ils habitaient à sept cents kilomètres de là et ne fréquentaient pas la victime, d'après ce que Chappaz leur avait dit. Le commissaire pensa sans grande conviction que c'étaient à eux que le crime allait profiter, en tant que seule famille connue. D'une part, ils prouveraient facilement qu'ils ne venaient jamais en montagne et n'avaient pas vu Georges depuis fort longtemps, d'autre part, ils étaient bien établis dans la vie comme pharmaciens à Rouen, et hériter de cinquante pour cent d'un garage, avec les droits de succession qui vont bien avec, c'était un boulet plutôt qu'autre chose !

L'office religieux se déroula comme souvent dans ces cas-là : si l'assistance était nombreuse et conventionnellement silencieuse, elle était peu familière des églises, et le prêtre se trouva un peu seul dans l'animation de la messe face à cette assemblée mécréante. Malgré sa mise en garde au début de la cérémonie, quelques sonneries de portables vinrent perturber cette dernière, provoquant des regards courroucés et des sorties précipitées, la vie commerciale gardant ses droits. Dans le sermon, il fut question de pardon, ce qui ne manqua pas de provoquer quelques mimiques réprobatrices chez certains. La mémoire du défunt fut ensuite évoquée par différentes personnes. Sa sœur retraça quelques souvenirs d'enfance. Le maire de la commune rappela l'apport des emplois créés par le garage. Discours de circonstance qui n'allaient pas faire avancer l'enquête. Puis Jean prit la parole, en tant que représentant du garage. Il évoqua l'esprit d'entreprise, la bonne ambiance et la loyauté de Georges. Andréani vit l'homme assis devant lui se pencher vers son voisin et lui siffler dans l'oreille :

– Tu parles ! Il faudrait demander à Dumoulin ce qu'il en pense !

Enfin une remarque intéressante. Le commissaire observa à la dérobée l'auteur de ces paroles. Pas très grand, cheveux en brosse, râblé, blouson de cuir, du cambouis sous les ongles. Un garagiste. Un vrai qui met les mains sous le capot. Quand vint le temps de défiler devant le cercueil pour le bénir, le même murmura :

– Je vais devoir y aller. Tu me diras combien je te dois pour les fleurs. Salut !

Et il s'éclipsa discrètement. Andréani prit le parti de le suivre. Il n'était pas question de l'interroger dans ces circonstances, mais il voulait savoir qui était ce monsieur pour lui demander ultérieurement de préciser son propos. Comme d'autres personnes quittaient aussi l'église sans défiler devant le cercueil, il lui fut facile de suivre l'homme au blouson de cuir jusqu'à sa voiture, sans se faire remarquer. Comme il l'espérait, celle-ci était badgée « garage Derogy » avec une adresse à Bourg-d'Oisans et un numéro de téléphone. Il nota le tout sur son carnet tandis que la voiture démarrait. Derogy, Dumoulin. Voilà deux témoignages qui apporteraient peut-être quelque chose. Il faudrait aussi examiner la liste de ceux qui avaient cotisé pour les fleurs, et ceux qui ne l'avaient pas fait.

Tout en présumant que le dénommé Dumoulin faisait sans doute partie de la seconde catégorie, le commissaire revint vers l'église, en croisant le flot de ceux qui la quittaient. Les conversations étaient moins silencieuses que précédemment, mais toujours de la même teneur : qui a pu faire le coup ; ce pauvre Georges ; il y a des fous sur terre ; ce garage qui marchait bien, qu'allait-il devenir, etc. Après s'être un peu cherchés, les deux policiers finirent pas se retrouver.

– Alors, Langlois ? Du nouveau ?

– Peut-être, et vous, chef ?

Andréani résuma l'échange de ses deux voisins et l'intérêt de les questionner. Langlois, de son côté, fit part de sa trouvaille

– Eh bien moi, chef, j'ai trouvé un drôle de truc. Et sans le faire exprès !

– Dites toujours.

– J'étais assis à côté d'un type. À un moment, son portable a sonné. Comme il était sur vibreur, cela ne s'est pas entendu.

– Cela prouve qu'il est bien élevé, contrairement à certains !

– Attendez la suite. C'était un SMS et le gars l'a lu discrètement.

– Bon, et alors ?

– Après l'avoir lu, je l'ai vu regarder dans la direction d'une femme, un peu plus loin. Ils ont échangé un signe. Puis il lui a adressé une courte réponse. Oh mais, le voilà qui revient ! Sans vouloir vous commander, chef, laissez-moi faire ! Je vous raconte la suite après.

Effectivement, un homme d'une quarantaine d'années revenait vers l'église en courant. Il avait l'air paniqué. En passant devant Langlois, il le reconnut et marqua un temps d'arrêt.

– Pardon, monsieur, il me semble que nous étions voisins à la messe. J'ai égaré mon portable. Vous ne l'auriez pas vu, par hasard ?

– Ah non, désolé... répondit Langlois. Mais l'église est encore ouverte, allez-y vite, le curé y est certainement. Si quelqu'un l'a trouvé, il le lui aura donné.

L'homme reprit sa course en balbutiant une sorte de remerciement.

– Je crois que je vous vois venir, Langlois, sourit Andréani. Il est où ce portable ?

– Dans ma poche, bien sûr ! Ce type l'a laissé tomber avant d'aller bénir le cercueil. Je l'ai ramassé machinalement et j'étais parti pour le lui rendre, quand je me suis souvenu de l'échange muet avec la femme. Alors, vous me connaissez ? Je suis d'un naturel...

– ... curieux, Langlois. C'est une grande qualité pour un flic. Et la suite ?

– La suite, la voilà, c'est le texto reçu pendant la messe : « Où étais-tu dimanche matin ? As-tu besoin d'une couverture ? » C'est ce que la fille a envoyé.

– La garce ! Quel aveu ! Bravo Langlois ! Super boulot !

– Le mieux, chef, c'est la réponse : « Peut-être. »

– Voilà qui va intéresser Chappaz !

– Qu'est-ce qu'on fait, chef ? On le serre ?

– Non. On va faire mieux. On va commencer par identifier le propriétaire de ce portable et exploiter son contenu. On va notamment trouver qui a envoyé ce texto. Et puis, on va le garder quelque temps, peut-être y aura-t-il d'autres messages. Après, on pourra lui rendre son portable à ce gugusse. En le déposant à la mairie. Comme cela, il ne se méfiera pas. Pendant ce temps-là, on va le filer. Il y a peut-être une pelote à tirer. Attention ! le voilà qui revient… À vous de jouer, Langlois !

Effectivement, l'homme revenait de l'église, l'air encore plus désemparé. Langlois l'apostropha :

– Alors ? Vous l'avez retrouvé votre portable ?

– Non ! Je suis bien dans la merde !

On le serait à moins, pensa Andréani en regardant l'homme repartir.

Les deux policiers rejoignirent immédiatement la gendarmerie, où ils retrouvèrent le colonel Chappaz et le lieutenant Giraud. Ils leur firent part de la réaction de Derogy et, surtout, du portable, qu'ils identifièrent sans difficulté. Il appartenait tout simplement à Tanguy, le chef d'atelier licencié après qui Chappaz courait. Si les SMS anciens avaient été effacés, ceux du jour étaient toujours là. Et celui proposant une couverture provenait de… Sylvie Rivolet.

– Je me doutais qu'elle nous cachait quelque chose, celle-là !

– Ce qui est curieux, c'est que Tanguy soit revenu après avoir pris la tangente ! S'il a quelque chose à se reprocher, c'est étonnant de sa part !

– Bon, on les coffre tous les deux ?

– On va faire mieux. On va maintenir la filature de Sylvie par le gendarme Royer. Elle n'est pas claire sur ce coup. Elle ne doit pas savoir que Tanguy a perdu son portable et, à mon avis, il ne va pas s'en vanter. En revanche, lui, on va s'en occuper sérieusement. Mais d'abord, on va le faire parler, ce portable. Même s'il a effacé les appels et les textos, on va voir où l'appareil a borné ces derniers jours. Et notamment le jour des trois meurtres. On avisera en fonction de ce qu'on trouve. D'autre part, la réaction de ce monsieur Derogy est intéressante. Si je me souviens bien, c'est un des agents du garage, et Dumoulin aussi.

– Je crois bien que c'est lui qui est en difficulté financière, intervint Giraud.

– Exact, vous avez bonne mémoire.

– Il faut aller les interroger tous les deux, par quoi on commence ?

– Par le portable. Si cela se trouve, il va nous livrer un coupable.

Le portable de Tanguy comportait un certain nombre de contacts, principalement des garages, des particuliers et aussi des particulières. Il avait beaucoup d'amies, ce monsieur. Côté historique, la recherche amena des questions. Le jour du meurtre de Masson et Lefaucheux, l'appareil avait borné à Chambéry. En revanche, le jour du meurtre de Dumez, il n'avait borné nulle part entre le samedi soir et le dimanche soir. Tanguy avait au moins menti à sa femme en lui parlant d'un rendez-vous dans le Midi, en revanche, il n'y avait rien de probant le jour du meurtre de Dumez. Par ailleurs, s'il était évident qu'il connaissait ce dernier et avait des raisons de lui en vouloir, le lien avec Masson et Lefaucheux était incertain. Les connaissait-il ? Chappaz se mit à réfléchir à voix haute :

– La dernière des choses à faire, c'est de lui faire savoir qu'on a retrouvé son portable. Il va se méfier et sera sur la défensive. L'idée du commissaire est bonne, on va le garder un certain temps et écouter les messages. Il y a gros à parier que Sylvie va le rappeler. En parallèle, vous, Giraud, vous allez le filer. Il doit être rentré chez lui. Moi, je vais aller enquêter chez Derogy et Dumoulin. Qui veut m'accompagner ? Ce n'est pas l'habitude, mais je pense que la proc n'y verra pas d'inconvénient.

– Je veux bien venir avec vous, dit Andréani

– Ce n'est pas la peine qu'on y aille à trois, ajouta Langlois. Moi, je vais rester là pour travailler sur les photos du Diamant Bleu. On y voit Masson, mais aussi d'autres types. Je voudrais regarder cela de plus près. Voir si le notaire n'avait pas des partenaires réguliers. Si c'est le cas, cela pourrait nous aider pour l'ensemble.

– Avant de nous séparer, j'aimerais bien les voir, ces photos, ajouta Chappaz.

– Tenez, je vous ai apporté un jeu complet.

Le colonel Chappaz regarda les photos une à une en surmontant parfois une grimace de dégoût. Il confirma qu'il ne voyait aucun visage ressemblant à Georges Dumez. En revanche, il marqua un temps d'arrêt sur un cliché.

– Ce couple-là, je l'ai déjà vu quelque part. Mais où et quand ? Impossible de m'en souvenir.

– Cela va vous revenir, colonel. Et si on allait manger ?

17

Après le déjeuner, les quatre hommes se séparèrent, Langlois avec son paquet de photos, Giraud allant planquer près de chez Tanguy, et Andréani et Chappaz partant de leur côté chez les agents. Ils commencèrent par Derogy. Comme le commissaire l'avait entendu s'exprimer pendant la messe, il mena l'interrogatoire. Dans un premier temps, Derogy se tint sur la défensive, puis, quand il comprit qu'on ne le soupçonnait en aucune manière, il devint plus disert.

– Le garage Dumoulin, à Vizille… C'est vrai qu'ils ne lui font pas de cadeau !

– C'est-à-dire ?

– Il a de grosses difficultés financières. Il ne paie plus ses pièces. Alors ils l'ont mis au comptant. Et puis, ils ne lui mettent plus de voitures en dépôt. Il paraît qu'il les faisait rouler pour faire des essais. Si c'est le cas, c'est vrai que cela ne se fait pas.

– Et alors ?

– Et alors, un garage qui n'a pas de pièces et pas de bagnoles, c'est comme un poisson qui n'a pas d'eau dans son bocal, cela ne dure pas longtemps. Cela fait peine. D'autant plus…

– Oui, d'autant plus ?

– Qu'il a remis de l'argent dans la société. Enfin pas lui, mais son beau-père. 200 000 euros. Il aurait même hypothéqué sa maison. L'affaire a rebondi un temps, mais, comme c'est un panier percé, six mois après, cela a recommencé. Il a dû déposer le bilan.

– Il doit beaucoup à la concession ?

– Je ne le sais pas précisément. Comme on a à peu près le même volume, lui et moi, cela peut faire 30 à 40 000.

– Effectivement, ce n'est pas rien ! Et comment vous expliquez cela ? Les autres agents comme vous, ils fonctionnent bien, non ?

– Ils travaillent normalement. Mais Dumoulin, il est trop gentil. Bon mécanicien, mais trop gentil avec les clients.

– Et le beau-père, j'imagine qu'il l'a en travers !

– Je pense bien ! Il paraît qu'il n'est pas sûr de garder sa maison.

– Et sa fille, enfin madame Dumoulin, elle réagit comment ?

– Quand elle a vu le bazar que c'était, elle a quitté son mari et rejoint ses parents.

– Bref, c'est la cata complète ! Et il a toujours le panneau ?

– Aux dernières nouvelles, oui. Ils ne peuvent pas le résilier, je crois.

– Et comment il vit ?

– Un peu de black par-ci par-là. L'ancien chef des ventes VO lui a mis quelques voitures en dépôt. Quand j'ai trop de boulot, je lui en donne. Bref, il bricole.

– À votre avis, il en veut à la concession et à ses patrons ?

– Je vous vois venir ! Entre son affaire qui foire et sa femme qui se tire, on peut l'imaginer. Maintenant, je ne suis pas dans sa tête. Et de là à tuer quelqu'un, si c'est ce que vous voulez me faire dire, je n'irai certainement pas jusque-là. Ce que j'en ai dit, tout à l'heure à mon collègue pendant la messe, c'est quand j'entends parler de bonne ambiance de travail, il faut peut-être nuancer un peu.

– Je vois. Et vous, le meurtre de Georges Dumez, vous en pensez quoi ?

– Je suis comme tout le monde. Je ne comprends pas. On n'est pas toujours d'accord, mais lui et Poirier sont réglo en affaires. Ils gagnent de l'argent, mais c'est normal, ils bossent. Et on en gagne aussi grâce à eux. Sincèrement, je ne vois pas qui a pu faire cela.

Andréani et Chappaz comprirent rapidement qu'ils n'apprendraient rien d'autre et prirent congé pour se rendre à Vizille au garage Dumoulin.

Les abords de cette agence traduisaient une affaire en perte de vitesse. Il y avait peu de voitures sur le parking, encore moins dans l'atelier. Un grand costaud se tenait sur la porte du garage. Dumoulin, à n'en pas douter. Il était manifestement seul. Chappaz glissa à Andréani :

– Il a sans doute été prévenu de notre visite par son collègue.

– Vous pensez ?

– La solidarité entre agents, vous savez…

Dumoulin était sur la défensive, à la limite de l'agressivité. Quand Chappaz lui expliqua qu'il venait dans le cadre de l'enquête sur la mort de Dumez, sa première réaction fut amère :

– Je ne vais pas pleurer longtemps, vous savez ! Il m'a mis dans une sacrée merde !

– C'est-à-dire ?

– Vous devez bien le savoir que j'ai dû déposer le bilan. Et que ma femme est partie. Tout cela à cause de Dumez. Enfin, cela fait un salaud de moins sur terre !

– Modérez vos propos, monsieur Dumoulin ! Ils pourraient se retourner contre vous.

– Si vous me soupçonnez, rassurez-vous, je peux vous dire où j'étais ce jour-là.

L'entretien fut interrompu par un client.

– Désolé de vous déranger, mais il faut que je reprenne ma voiture. Je vous dois combien, monsieur Dumoulin ?

– Je vous enverrai la facture, monsieur Charmet. Je n'ai pas eu le temps de la faire. Allez-y, les clés sont dessus. Au fait, j'ai dû changer les disques en plus des plaquettes.

– Ah bon ? Cela va faire combien ?

– Vous verrez, je vous arrangerai cela au mieux.

Le client prenant congé, Andréani pensa *in petto* que ne pas préparer la facture tout de suite et changer des pièces sans l'accord du client, ce n'était pas top, et pouvait conduire à des difficultés de recouvrement. L'entretien reprit. Dumoulin se plaignit de son sort et présenta les choses à sa façon. S'il en était arrivé là, c'était de la faute de la concession qui avait coupé les robinets. La mort de Dumez ? Ma foi, tant pis pour lui, comme je vous l'ai dit. Est-ce que je lui en voulais ? Bien sûr, mais de là à penser que je l'ai trucidé, certainement pas ! De toute façon, je peux justifier de mon emploi du temps pendant le week-end, si c'est cela que vous voulez savoir.

– Eh bien, monsieur Dumoulin, dites-nous ; on va gagner du temps.

– J'étais avec une dame. Ma femme est partie, comme vous le savez.

– On peut savoir qui ?

– C'est délicat. Je ne voudrais pas la compromettre...

– Nous sommes tenus au secret. Si la personne confirme vos propos, cela nous permettra d'avancer et, surtout, cela écartera les soupçons sur votre personne que vous avez évoqués vous-même !

– Bon, OK. Je compte sur votre discrétion. C'est Sylvie, la secrétaire du garage. J'ai passé le week-end avec elle.

Andréani et Chappaz prirent congé et échangèrent leurs impressions sur le chemin du retour.

– Qu'est-ce que vous en pensez ? demanda ce dernier.

– S'il s'est mis dans cette situation financière, c'est peut-être de sa faute aussi. Ne pas faire payer les clients, ce n'est pas une bonne solution pour un garagiste. « Je vous enverrai la facture », on sait comment cela se termine. Nous avons eu sa version, mais j'aimerais savoir ce qu'en pense monsieur Poirier. Qui n'entend qu'une cloche n'entend qu'un son. Quant à son alibi...

– C'est plausible, dit Chappaz. Comme vous le savez, un de mes gars qui la file les a vus se donner rendez-vous sur un parking. Et c'est bien le genre de la dénommée Sylvie, qui a des avis sur tout, de consoler son prochain dans le malheur. Puisque vous parlez de Jean Poirier, allons le voir, vous ne le connaissez pas encore, ce sera l'occasion.

À la concession, ce dernier confirma les faits, mais avec son éclairage de concessionnaire.

– Dumoulin est un brave garçon, excellent mécano, mais mauvais gestionnaire. Quand il a monté son garage, j'y ai passé un peu de temps pour l'aider à s'organiser, et je lui ai donné quelques conseils dont il n'a pas tenu compte. Il laisse effectivement partir les clients sans encaisser. Il change des pièces sans accord préalable et, pour faire passer la pilule, il accorde une remise énorme. Il reprend des voitures à n'importe quel prix. Forcément, au bout de quelques mois, la trésorerie ne suit plus. Nous avons dû le mettre au comptant une première fois, puis, le beau-père ayant renfloué l'affaire, nous avons ouvert les robinets à nouveau. Six mois ont suffi pour bouffer la somme remise. Il a effectivement dû déposer le bilan et nous laisse une ardoise de 35 000 euros. On va la passer par pertes et profits, et encore heureux que l'administrateur judiciaire ne nous colle pas un soutien abusif sur le dos, parce que nous l'avons aidé bien au-delà de ce que d'autres concessionnaires auraient fait. Et quand on lui demande ce qu'il compte faire pour redresser son affaire, tout ce qu'il trouve à répondre, c'est qu'il joue au loto régulièrement. Ce n'est pas sérieux.

– Selon vous, il vous en veut ?

– Peut-être. Mais quand il aura compris ses erreurs de gestion, c'est à lui-même qu'il pourra en vouloir. Maintenant, si vous me demandez si c'est lui qui a pu tuer Georges, je vous dis non. D'une part, il a un bon fond. D'autre part, avec le gabarit qu'il a, je ne le vois pas grimper à toute vitesse comme j'ai vu, ou plutôt entrevu, faire la forme rouge après le meurtre.

C'était effectivement un argument à prendre en compte. Chappaz l'enregistra et ne crut pas utile de mentionner l'alibi avec Sylvie. Il ne comprenait pas que celle-ci ait proposé par texto une couverture à Tanguy si elle avait effectivement passé la soirée avec Dumoulin. Une personne au moins mentait dans cette affaire, mais qui, et pourquoi ? Il ne pourrait pas approfondir tant qu'il n'aurait pas interrogé le dénommé Tanguy. Ils allaient prendre congé de Poirier quand il s'exclama tout à coup :

– Nom d'une pipe, l'album !

– Eh bien quoi, l'album ?

– Vous savez, la photo du Diamant Bleu sur laquelle je croyais reconnaître un couple. Venez, on va à la gendarmerie !

Heureusement qu'il n'y avait pas de radar sur les quelques kilomètres qui les en séparaient. Enfin, cela se serait sans doute arrangé. Arrivé au PGHM, Chappaz courut jusqu'à son bureau, suivi par Andréani. Il mit sur la table la photo du Diamant Bleu qui l'avait interpellé, et se mit à feuilleter frénétiquement les albums qu'il avait saisis chez Georges Dumez. Il s'arrêta sur une page.

– Regardez ! Ce type et cette femme, ici, sur une photo de partouze ! Et là, sur cet album ! Le voilà le lien entre nos deux affaires !

– Faites voir ! Effectivement, on dirait les mêmes. Vous avez une loupe ?

– Tenez, voilà.

– On a les dates ?

– Sur l'album de Dumez : 2002. C'est l'époque où il sortait avec Sylvie. C'est aussi l'année de leur rupture. La photo issue du DVD est de 2003. C'est l'époque où Dumez traverse une période qualifiée de « bizarre ».

– Cela pourrait vouloir dire que ce couple, rencontré dans un club de vacances, fréquentait le Diamant Bleu et l'aurait fait découvrir à Dumez…

– Absolument. Et aussi que notre amie Sylvie les connaît sans doute.

– On va lui demander ?

– Bien sûr. Mais je voudrais entendre Tanguy avant. La confrontation de leurs dépositions risque d'être intéressante, conclut Chappaz. En tout cas, heureusement que l'on s'est rapprochés, nous et nos enquêtes respectives !

La sonnerie du téléphone interrompit la conversation. Comme c'était Giraud, il s'excusa et décrocha. Après trois échanges, son visage s'éclaira :

– Mes vœux vont être exaucés, commissaire. Giraud arrive dans cinq minutes. Avec Tanguy.

18

– Sacré Giraud ! Comment a-t-il fait ?

– D'après ce qu'il m'a dit, il commençait à moisir dans la voiture quand Tanguy est sorti de chez lui. Comme un fou. En gueulant sur sa femme, qui gueulait aussi fort. Il a démarré sur les chapeaux de roue et percuté une voiture en stationnement, celle de son voisin. Bien sûr, celui-ci a tout vu et s'est mis à brailler. Le ton est monté et ils ont commencé à se taper dessus. Giraud, qui est en uniforme, a fait semblant de passer par là et est intervenu. Il leur a fait faire un constat et dressé un PV de son côté. Tout cela terminé, il a réussi à convaincre Tanguy de le suivre jusqu'au PGHM. L'autre ne voulait pas trop, bien sûr, mais Giraud s'est appuyé sur ma récente visite, d'une part, et sur le fait qu'il oublierait de lui faire faire un alcootest d'autre part. Bref, ils arrivent.

– Bien joué !

– Si vous en êtes d'accord, commissaire, je vais l'interroger et vous allez vous installer dans le bureau voisin avec Langlois. Comme il vous connaît, il ne faut pas qu'il vous voie. Il y a un micro ici et un haut-parleur à côté. Vous entendrez l'interrogatoire. N'hésitez pas à m'interrompre si vous le souhaitez.

Giraud ne tarda pas à arriver, en compagnie de Tanguy. Ce dernier, très nerveux, manifestait des signes d'une grande agitation. Chappaz entreprit de le détendre avant de l'interroger.

– Asseyez-vous, monsieur Tanguy. Tenez, prenez un verre d'eau.

– Excusez-moi… Je suis désolé pour cet incident avec mon voisin. Vous savez, ce n'est pas facile en ce moment. Déjà que je suis au chômage, en plus j'ai perdu mon portable ce matin…

– Effectivement, ce n'est pas de chance ! Bah, vous allez bien le retrouver… Bon, votre épouse vous a certainement dit que je suis passé la semaine dernière, mais vous étiez en déplacement, je crois…

– Oui, elle me l'a dit. Je pensais passer vous voir la semaine prochaine. C'est compliqué pour moi en ce moment, parce que je cherche du travail.

– Puisque vous êtes là aujourd'hui, c'est mieux comme cela. Je vais faire simple. Il y a eu un meurtre en montagne sur la personne de monsieur Dumez…

– Je sais bien, j'étais à son enterrement !

– C'est étonnant ! Vous étiez plutôt fâché avec lui, je crois.

– Oh ! ce n'est pas pour lui que je suis venu. Comme je cherche du boulot et que je savais qu'il y aurait un maximum de garagistes à la cérémonie, je me suis dit que c'était l'occasion de rencontrer du monde. J'avais même apporté des CV. Mais avec ce foutu portable…

– Je comprends. Revenons à Dumez. Je sais que vous avez été licencié du garage et que vous êtes parti en mauvais termes. Vous avez même proféré des menaces à son encontre, qu'est-ce que vous avez à dire à ce sujet ?

– C'était sous le coup de la colère ! C'est injuste ce qu'ils ont fait ! Mais si vous pensez que c'est moi le meurtrier, je peux vous dire où j'étais ce jour-là.

– C'est ce que j'allais vous demander.

– Eh bien, c'est simple, je suis parti de chez moi samedi pour chercher du travail.

– Où cela ?

– À Chambéry.

– À Chambéry ? Tiens, c'est étonnant, votre femme m'a dit que c'était dans le Midi.

Tanguy se troubla et reprit :

– C'est-à-dire que j'étais à Chambéry lundi et mardi. Ce que j'ai fait samedi et dimanche, c'est privé. Même vis-à-vis de ma femme.

– Une copine, c'est cela ?

– Ben… oui, c'est cela.

– On peut savoir qui c'est ?

Le malheureux Tanguy se troubla de plus en plus et balbutia :

– C'est vraiment nécessaire ?

– Pour votre tranquillité, oui, absolument.

– C'est… c'est… la secrétaire du garage, Sylvie, mais n'allez pas le répéter hein ?

– Et les rendez-vous de lundi et mardi ?

– Ce sont des garages de Chambéry. Je peux vous donner les noms, si vous voulez.

– Je vous écoute.

– Lundi matin, j'avais rendez-vous avec monsieur Forissier, chez Renault. L'après-midi avec monsieur

Dutertre, chez Alfa. Le lendemain, avec monsieur Poinsot, chez Peugeot. L'après-midi chez Toyota, j'ai oublié le nom.

– Ne vous inquiétez pas, on saura les retrouver. Autre chose, un monsieur Masson, à Grenoble, cela vous parle ?

– Pas du tout.

– Et monsieur Lefaucheux ?

– Connais pas.

– Et les gens sur cette photo, vous les connaissez ?

– Non plus.

– Très bien, monsieur Tanguy. On va vérifier tout cela. Je vous demande deux minutes pendant lesquelles vous allez rester avec le sergent Giraud.

Chappaz quitta la pièce et rejoignit Andréani par le couloir.

– Qu'est-ce que vous en pensez ?

– À l'écouter, il dit vrai pour la partie Chambéry et il ment pour son emploi du temps de samedi et dimanche. De toute façon, c'est contradictoire avec ce qu'a dit Dumoulin. Il y en a un des deux qui nous raconte des histoires.

– J'ai exactement la même impression. Il n'y a plus qu'à interroger Sylvie, c'est elle qui va départager les ex aequo, si j'ose dire. À moins qu'ils ne pratiquent le triolisme ! Il faut le faire tout de suite, avant qu'ils puissent se parler. Fonçons à la concession, elle doit encore y être. Mais ne parlons pas du portable, personne ne sait que nous l'avons, et il peut nous révéler quelque chose d'ici lundi. Comme vous enquêtez sur les meurtres de Grenoble, vous allez venir avec moi. Prenons les deux photos, celle du Diamant Bleu et celle de l'album. Si elle n'a rien à nous dire, c'est qu'elle y met de la mauvaise volonté.

Chappaz quitta le PGHM en expliquant à Tanguy qu'il en avait pour un moment. Celui-ci se troublait de plus en plus.

– Je peux rentrer chez moi ?

– Juste une vérification, monsieur Tanguy. Il n'y en a pas pour longtemps. Vous avez été absent de chez vous trois jours, vous pouvez bien attendre trois quarts d'heure ! Bien sûr, vous pouvez téléphoner à votre femme pour la rassurer. Le lieutenant Giraud va rester avec vous.

Les deux hommes filèrent à la concession après s'être assurés auprès de Poirier que Sylvie s'y trouvait bien. Elle aussi paraissait plutôt nerveuse. Chappaz l'entreprit aussitôt.

– Je n'en ai pas pour longtemps, madame Rivolet. Juste deux questions.

– Cela tombe mal ! J'ai du boulot en retard suite à l'enterrement. Cela ne peut donc pas attendre ?

Chappaz durcit le ton.

– Non. Madame Rivolet, j'ai besoin de savoir si vous étiez seule ou non dans la nuit de samedi à dimanche, ainsi que dimanche matin. Et si vous n'étiez pas seule, avec qui vous étiez.

– C'est vraiment nécessaire ? C'est ma vie privée, quand même !

– Tout à fait. Mais cela peut éviter à quelqu'un d'être accusé à tort du meurtre de Georges Dumez. C'est un tout petit peu important, comme vous voyez. Pour que vous soyez parfaitement à l'aise avec cela, sachez qu'un faux témoignage dans ce genre d'affaire peut coûter cher…

– Et pourquoi vous me dites cela ?

– Comme ça…

Après avoir piqué un fard, Sylvie se reprit.

– J'étais avec monsieur Dumoulin, notre agent.

– Je vous remercie. De quelle heure à quelle heure ?

– Mettons… de samedi avant le dîner jusque dimanche soir.

– Très bien. Connaissez-vous ces gens sur cette photo, demanda Chappaz en exhibant la photo du Diamant Bleu.

– Je ne vois pas bien. Pourtant, cela me dit vaguement quelque chose…

– Et pour cause ! Regardez cette autre photo. Vous êtes avec eux et Georges Dumez, en 2002.

– Ah oui ! Je me souviens maintenant ! C'était aux Baléares.

– Et alors ?

– Ce sont des relations de vacances, vous savez ! Je ne les ai pas revus depuis. De mémoire, ce sont des commerçants de Grenoble. Ils s'appellent Dufour, ou quelque chose comme cela, et ils tiennent un magasin de cuisines.

– Et vous ne les avez jamais revus ?

– Non, jamais.

– Et Georges Dumez, les a-t-il revus selon vous ?

– Je n'en sais rien. Vous savez, après notre rupture, nous n'échangions rien en dehors du travail.

– Je vous remercie, madame Rivolet. Je vous laisse travailler. Il est 17 h 10, cela n'a pas pris longtemps, vous voyez.

Il était 17 h 13 lorsque le portable de Tanguy enregistra le message suivant : « Franck, c'est Sylvie. Je suis désolée, mais il y a contrordre par rapport à mon message de ce matin. Pour dimanche je ne peux pas t'aider. Je t'expliquerai de vive voix. »

19

De retour au PGHM, Tanguy fut immédiatement mis en garde à vue. Il s'effondra en pleurant et reconnut qu'il avait menti.

– Mais pourquoi ?

– En fait, samedi et dimanche, j'étais avec une fille que j'ai ramassée en stop sur la route. Je ne sais pas comment elle s'appelle…

– Et vous avez logé où ?

– Chez elle, ou plutôt dans un studio, prêté par une copine ?

– Et vous pouvez la retrouver, cette fille ? Vous avez bien pris son numéro ?

– Ben non, elle repartait le lendemain dans son pays, en Hollande.

– Mais pourquoi avoir parlé de Sylvie ? Vous vous rendez compte que vous la compromettez ?

– Parce qu'elle aurait dit que j'étais avec elle. Je sais bien que vous me soupçonnez, mais l'adresse de l'autre fille, je ne la connais pas… Je n'ai pas tué Dumez, je le jure !

– C'est bien minable, tout ça, monsieur Tanguy ! Vous feriez mieux de vous occuper de votre famille et de chercher du boulot, plutôt que de nous raconter des salades !

Ce que je retiens, c'est que vous n'avez pas d'alibi et que vous nous avez menti. Vous êtes en garde à vue !

Les deux hommes entreprirent de vérifier téléphoniquement l'emploi du temps du suspect. Les quatre concessionnaires chambériens cités confirmèrent qu'ils avaient bien reçu monsieur Tanguy aux jours et heures mentionnés. Il était donc innocent des meurtres de Masson et Lefaucheux. En revanche, le doute persistait sur son emploi du temps de samedi et dimanche.

– Qu'en pensez-vous, commissaire ?

– C'est simple, il y a deux possibilités. La première, c'est que Sylvie vous ait menti et qu'elle se soit mise d'accord avec Dumoulin pour charger Tanguy. Mais, avec la pression que vous lui avez mise, cela m'étonnerait. Je pense que, samedi dernier, elle était réellement avec Dumoulin. Après, pourquoi a-t-elle envoyé ce texto à Tanguy pour lui proposer de le couvrir ? Elle nous le dira plus tard.

– Nous avons quand même un problème, reprit Chappaz. Plus ça va et plus je me dis que l'assassin de Dumez et celui de Lefaucheux et Masson sont une seule et même personne. Cette façon de tuer, cela ressemble à une signature criminelle. Et puis, il y a ce lien avec la photo des époux Dufour. Dans ce cas, si Tanguy est innocent pour les deux meurtres de Grenoble, il l'est aussi pour Dumez.

– Vous avez raison. Soit il y a deux meurtriers, et il peut être l'un d'eux, soit il n'y en a qu'un, et, à ce moment, ce n'est qu'un pauvre type qui ment à tout le monde et s'emmêle dans ses mensonges.

– Même chose pour Dumoulin. Outre qu'il a un alibi pour dimanche matin, je me souviens que, lundi, il est passé à la concession pour chercher des pièces. C'est à vérifier, mais, si c'est bien le cas, il n'a pas pu commettre les deux meurtres de Grenoble.

Andréani résuma la situation :

– Bref, nous avons trois meurtres, sans doute un seul assassin et, comme indice potentiel, une photo avec un couple amateur de partouzes. Nous n'avons plus qu'à aller interroger les Dufour avec Langlois. Échange de bons procédés, et de photos, je vais faire un double de celle où ils se trouvent avec Dumez et Sylvie.

La conversation fut interrompue par un gendarme présentant un dossier à Chappaz.

– C'est pour vous, mon colonel. C'est urgent.

– Merci. Ah ! Nos légistes se sont parlé et l'on me transmet les trois rapports d'autopsie, dont deux à votre intention. Je connais déjà celui de Dumez et, tenez, voilà les vôtres. Si vous pouvez me dire ce qu'il en est…

– Je vais vous faire la lecture, ce sera plus simple.

« *Blabla… un premier coup au foie… blablablabla… la lame a pénétré la paroi mésogastrique… blabla… elle a glissé sous le colon transverse… blabla… elle a sectionné tous les éléments du pédicule hépatique* – voyez-vous cela – *pour finir dans la veine cave inférieure. Son retrait… blablabla… a provoqué une importante hémorragie interne… blabla… veine porte/artère hépatique-veine cave* – comme dirait Giraud, il a le tiercé gagnant – *provoquant un malaise* – tu parles ! – *puis le coma puis la mort.* » Puis deux autres coups dont je vous épargne la lecture… Le meurtrier est bien droitier. Il précise aussi qu'il n'y a pas eu de rapport sexuel avant la mort.

Chappaz avait écouté, en souriant, la lecture imagée faite par Andréani.

– Pour Dumez, il ne dit rien, mais cela va de soi. En pleine escalade…

– Pour les deux autres, cela ne m'éclaire pas trop. A-t-on affaire à une mise en scène ou non ?

– En tout cas, cela confirme que le meurtrier est vraisemblablement le même, ce qui innocenterait Tanguy. Je vais quand même prolonger sa garde à vue au maximum, pour l'instant.

20

Le lendemain matin, en se rendant au magasin Dufour, Langlois fit part au commissaire du résultat de son étude des photos du Diamant Bleu. Tous les visages lui étaient inconnus, sauf un, qu'il avait déjà vu quelque part, mais sur lequel il était incapable de mettre un nom. C'était dommage, car il était souvent en compagnie de Masson sur les photos.

– Si c'est comme pour Chappaz, cela va vous revenir, dit Andréani.

Ils trouvèrent facilement l'entreprise Dufour, gros magasin de vente de cuisines. La venue inopinée de deux officiers de police ne passa pas inaperçue auprès du personnel et des clients. Les deux hommes en étaient conscients, mais, avec trois meurtres à élucider, la discrétion n'était plus leur souci premier. Ils s'étaient réparti les rôles... et les photos, le but étant d'obtenir un maximum d'informations. Langlois attaqua le premier :

– Vous connaissez cet homme ?

– Cela me dit quelque chose, avança prudemment Dufour.

– Pourtant, vous êtes attablé avec lui et sa compagne, ainsi que votre épouse. Ne me dites pas que vous ne le connaissez pas !

Dufour se défaussa sur sa femme :

– Tu vois qui c'est chérie ? C'est une relation de vacances, mais cela remonte !

– De mémoire, c'était aux Baléares… Un garagiste et sa femme.

– C'est bien cela. Vous vous souvenez de son nom ?

– Pas vraiment.

Manifestement, Dufour ne voulait pas trop en dire, sans non plus nier l'évidence.

– Je vais vous aider. Georges Dumez, cela vous parle ?

– Oui, maintenant que vous le dites, c'est bien cela. Mais pourquoi vous me demandez tout ça ? Il a fait quelque chose de répréhensible ?

Andréani entra dans la danse.

– C'est plutôt à lui qu'on a fait quelque chose… Et sur cette photo, c'est bien vous ? demanda-t-il en exhibant celle du Diamant Bleu.

Les deux époux devinrent un peu plus rouges que leurs fauteuils à la vue de cette photo compromettante.

– Euh, oui, pourquoi ?

– Vous savez où cette photo a été prise ? Vu l'environnement, ce n'est toujours pas dans une cathédrale !

Dufour reprit un peu d'assurance.

– Vous savez comme moi que c'est au Diamant Bleu. Quelle est votre question, monsieur le commissaire ?

– J'ai deux questions. La première, c'est que le Diamant Bleu a brûlé il y a quatre jours. Vous êtes au courant ?

– Oui, j'ai lu cela dans les journaux. C'est malheureux.

Andréani évita de rétorquer : « Surtout pour les habitués », mais le pensa fortement.

– Vous avez donc lu que c'était un incendie criminel.

– Les journaux ne le disent pas explicitement, mais n'écartent pas l'hypothèse.

– Je vous confirme que c'est bien cela, et c'est ma deuxième question. Vous avez une idée là-dessus ? Madame et vous-même êtes clients réguliers, je crois.

Nouveau fard des intéressés.

– Nous sommes clients occasionnels. Nous venons en couple et rencontrons d'autres couples. Tous sont là de manière voulue et consentante, monsieur le commissaire.

– Soit. Vous n'êtes pas sans savoir que les activités de cet honorable établissement sont passibles de poursuites pénales. Ainsi que ses clients. Avez-vous une idée de la personne qui pourrait lui en vouloir au point d'y mettre le feu ? Ce qui a provoqué la mort d'une personne, soit dit en passant…

– Non, je ne vois vraiment pas qui a pu faire ça…

La tactique d'Andréani était de déstabiliser le couple Dufour sur cet incendie, dont il avait déjà l'explication, pour mieux le cueillir sur l'affaire Dumez. Langlois reprit la main.

– Revenons à Georges Dumez, que vous avez donc rencontré aux Baléares dans un club de vacances. L'avez-vous revu par la suite ? Au Diamant Bleu, par exemple ?

Dufour tomba dans le panneau.

– Effectivement, il a pu y venir une fois ou deux.

– Avec sa… femme ?

– Non, tout seul.

– Vous pouvez préciser quand ?

– Ouh là là ! Vous en demandez beaucoup, là !

– Cherchez, c'est important. Si cela peut vous aider, la photo des Baléares, c'est en 2002. Dumez est venu au Diamant Bleu avant ou après ?

– C'est après ! intervint madame Dufour. Souviens-toi, il nous avait dit qu'il était seul parce qu'il avait rompu. Il était plutôt déprimé.

– Et alors ?

– Alors, on l'a invité à venir. Il y a des couples, et puis il y a des célibataires qui trouvent sur place une... partenaire.

– Payante ?

Dufour eut un geste évasif.

– Cela dépend des jours. De mémoire, on a dû y aller avec lui une fois ou deux. Après, je ne connais pas son emploi du temps particulier, à ce monsieur !

– OK. Donc Georges Dumez aurait fréquenté le Diamant Bleu après sa rupture. Vous sauriez retrouver la date où vous lui avez mis le pied à l'étrier, si j'ose dire ?

Madame Dufour avait compris que les deux enquêteurs ne lâcheraient pas l'affaire. Comme elle était organisée, elle avait ressorti des vieux agendas tout en discutant et intervint à nouveau :

– Les Baléares, c'était en avril 2002. Nous avons revu monsieur Dumez après les vacances d'été. C'est là qu'il nous a dit qu'il avait rompu. On l'a emmené dans cette boîte pour la première fois en novembre. Tenez, le 15, pour être précis. Après, il a pu y aller sans nous. Mais qu'est-ce qui lui est arrivé, au juste ?

– Oh ! Une bagatelle. Trois coups de couteau, tous plus mortels les uns que les autres.

– Mon Dieu ! Mais quel est le rapport avec le Diamant Bleu ?

– Ceci, dit Andréani en produisant la photo où l'on reconnaissait distinctement Masson avec un autre homme et une fille. Connaissez-vous ces messieurs ?

– Pour être honnête… commença Dufour.

– Oui, soyez honnête, c'est préférable, dans la position où vous êtes…

– Je les ai déjà croisés au Diamant Bleu, mais je ne sais pas qui c'est. Les gens ne s'affichent pas trop, vous savez…

– Ils ont bien raison. Ce monsieur, c'est maître Masson, un notaire. Je peux vous le dire car il est également mort. De la même manière que Georges Dumez. L'autre, je ne sais pas. Mais je compte sur vous pour nous le dire. Vous ne voyez vraiment pas ?

– Je l'ai déjà croisé dans des réunions professionnelles, pourtant, hésita Dufour.

– Fais voir ! dit son épouse en prenant la photo.

– Si, cela me revient ! C'est un entrepreneur en BTP. Mais alors, son nom…

– C'est simple, reprit Andréani. Vous avez un annuaire pages jaunes du département ? C'est bien le diable si vous ne le trouvez pas.

Madame Dufour fournit à nouveau la solution en feuilletant les pages jaunes.

– Alberti. C'est Alberti.

– Vous en reconnaissez d'autres ?

– Non, monsieur le commissaire.

– Nous allons vous laisser travailler. Si quelque chose vous revient, contactez-moi à ce numéro. Conseil d'ami :

évitez les fréquentations Diamant Bleu, il y a un taux de mortalité suspect, en ce moment !

Les deux policiers prirent congé des époux Dufour, plutôt décontenancés.

21

– Dites-moi, je vous ai vu réagir tout à l'heure. Alberti, c'est celui que vous aviez cru reconnaître ?

– Tout à fait.

– Vous le connaissez ?

– Pas vraiment. C'est lui qui a construit l'immeuble où j'habite. Je l'ai croisé à une ou deux réunions de chantier. C'est pour cela que sa tête me disait quelque chose.

– Lui, entrepreneur de BTP, et Masson, notaire, devaient se connaître professionnellement, et puis cela a débouché sur des activités plus ludiques…

– … qui n'ont pas porté chance à Masson. Qu'est-ce qu'on fait ?

– D'abord, nous allons transmettre à Chappaz ce qu'on vient d'apprendre sur Dumez, à savoir ses fréquentations Diamant Bleu. Cela va relancer son enquête. Concernant Alberti…

– On va l'interroger ?

– Je ne pense pas. Si on le fait, cela va être comme les Dufour, il va se montrer prudent, dire qu'il connaissait vaguement Masson, mais pas plus que cela. On va lui mettre les photos sous le nez et, là, il va nous dire qu'effectivement il a fait un ou deux dégagements au Diamant

Bleu, mais pas plus. Il va tout minimiser. Je pense que l'on ferait mieux de le filer discrètement. Et puis…

– Oui ?

– Tout à l'heure, j'ai parlé de taux de mortalité chez les clients Diamant Bleu. Je ne plaisantais qu'à moitié. Alberti est-il le meurtrier de Dumez, Masson et Lefaucheux, ou bien une victime potentielle ?

– Que voulez-vous dire ?

– Nous allons en savoir plus en le filant. Mais j'imagine le tableau. Comme patron d'une grosse boîte de TP, il doit bien gagner sa vie. Il s'octroie des petites sorties canailles avec des Dumez et des Masson. Pour prendre le risque de les trucider, ainsi que Lefaucheux, il faudrait vraiment une raison majeure, du genre éliminer des témoins gênants. Mais témoins de quoi ? Et puis, Dumez ne fréquentait plus le Diamant Bleu depuis plusieurs années.

– Alors ?

– Alors, je commence à me demander si un justicier quelconque ne s'attaque pas aux clients du Diamant Bleu les uns après les autres.

– Mais dites-moi, cela va faire beaucoup de monde ! Il a du boulot !

– On va commencer par surveiller celui qu'on a identifié, Alberti. On va le filer.

Ainsi fut fait. La filature de l'entrepreneur de BTP démarra le lundi. Ce fut assez facile, son entreprise étant mitoyenne d'un supermarché. Une voiture banalisée sur le parking de ce dernier n'attirait pas l'attention. Il fut encore plus simple de repérer la voiture d'Alberti : une Mercedes classe S sur une place marquée « direction » à proximité de la porte d'entrée laissait peu de doute quant à l'identité de son propriétaire. D'autant plus que les autres voitures étaient des camions, des véhicules utilitaires et une dizaine de voitures particulières appartenant au personnel. Les deux policiers eurent tôt fait de repérer les habitudes de l'intéressé. Alberti arrivait tôt le matin, souvent le premier. Le reste du personnel arrivait peu après. S'ensuivait une réunion au cours de laquelle le travail était distribué. Les camions, les fourgons quittaient alors l'entreprise. Alberti, lui, restait un moment, puis partait à son tour. Toujours pour des visites de chantier. Le soir, il quittait l'entreprise le dernier. Parfois, il croisait l'équipe de ménage qui venait à 19 h 30. Parfois, il partait après. Puis, il rentrait chez lui, dans une luxueuse villa sur les hauteurs de Grenoble. Le troisième jour de filature les sortit de cette routine : c'était le jour des obsèques de maître Masson. Andréani et Langlois avaient prévu de s'y rendre, et Alberti aussi. Les deux policiers espéraient y trouver un indice quelconque, comme pour Dumez, mais ils en furent pour leurs frais. La famille se résumait à cinq personnes, et les amis étaient peu nombreux. Alberti resta seul tout le long de la cérémonie et partit rapidement. Personne n'était venu le saluer. Personne dans l'assistance réduite ne ressemblait de près ou de loin aux individus présents sur les photos du Diamant Bleu. La filature les ramena à l'entreprise. Ils commençaient à trouver le temps long.

– Si l'on n'avait pas cette photo, on dirait que c'est un bourgeois pépère, pas vrai ?

– Oui, cela commence à devenir lassant : en trois jours, il ne s'est rien passé !

– C'est certain qu'il ne peut plus aller au Diamant Bleu ! Tiens, le voilà qui sort !

Une nouvelle fois, les deux policiers suivirent la Mercedes. Ils commençaient à connaître tous les chantiers de l'entreprise. Heureusement qu'ils avaient pris la précaution de changer de voiture, sinon ils auraient été repérés depuis un moment. Pour une fois, la Mercedes prit la direction du centre-ville.

– C'est bien la première fois qu'il va par là ! Enfin quelque chose de nouveau ?

– Regardez, il s'arrête… Il sort de sa voiture. Mais où est-ce qu'il va ?

La réponse ne tarda pas. Alberti s'était garé devant une armurerie, dont il sortit bientôt avec un paquet sous le bras.

– On va voir ce qu'il a acheté ?

– C'est toujours pas des livres de messe ! On a le temps de revenir. On continue à le suivre.

Le reste de la journée se passa normalement. Alberti revint à l'entreprise, puis le soir chez lui.

Le lendemain, à la première heure, Andréani se rendit chez l'armurier, Langlois assurant la filature. La veille, Alberti avait fait l'acquisition de deux 357 Magnum. Un pour chez moi et un pour l'entreprise, avait-il précisé. On ne sait jamais…

– Vous a-t-il donné l'impression de quelqu'un qui se sent menacé ?

– Il ne m'a rien dit. Cela dit, quand on achète ce genre de joujou, ce n'est pas par hasard.

Andréani quitta le commerçant en lui recommandant la discrétion et rejoignit Langlois.

– Du nouveau ?

– Non. Le train-train.

– Donc, le seul élément nouveau que nous avons, c'est qu'il se sent menacé, sinon il n'aurait pas acheté deux flingues. Ce qui confirmerait que c'est une nouvelle victime potentielle. Cela étant, nous lui collons aux basques depuis trois jours et nous n'avons rien vu. Qu'est-ce qui a pu déclencher cet achat ? Peut-être un courrier de menaces que nous n'avons pas pu voir…

– Ou alors, lui sait qu'il figure sur une liste où il y a Masson, Lefaucheux et sans doute Dumez.

– Bon, on ne va pas prendre racine ici, on va l'interroger. Sans rendez-vous. Peut-être que l'effet de surprise nous apportera quelque chose.

Les deux policiers se présentèrent à l'accueil et comprirent vite que l'entreprise Alberti gagnait beaucoup d'argent, d'une part, et que leur visite dérangeait, d'autre part. L'hôtesse d'accueil les fit patienter un moment dans un hall d'accueil luxueux : marbre, fauteuils club et air conditionné plantaient le décor.

– Je vais prévenir l'assistante de direction. Je ne sais pas si monsieur Alberti peut vous recevoir ; vous n'avez pas rendez-vous…

– Dites-lui que je peux lui en donner un au commissariat, s'il préfère, répondit Andréani.

Le résultat ne se fit pas attendre : une femme, qui aurait pu être mannequin, descendit l'escalier pour les accueillir.

– Je me présente : je suis Elizabeth Hubert, l'assistante de monsieur Alberti. Si vous voulez me suivre, il va vous recevoir dans un instant.

L'entrepreneur sortit de son bureau. Il correspondait à la caricature du parvenu : costume et mocassins de luxe, cravate voyante, une grosse bagouse à l'annulaire. En même temps, on sentait un homme d'affaires déterminé, sans scrupules et très maître de lui-même. Cigare aux lèvres, il accueillit ses visiteurs d'un air faussement aimable.

– Cela m'a l'air urgent, alors je vous reçois, mais j'ai peu de temps. Asseyez-vous, messieurs. Qu'est-ce qui vous amène ?

– Ceci, dit Andréani en posant sur la table la photo où Masson et Alberti figuraient en bonne posture au Diamant Bleu.

Ce dernier en rabattit un peu.

– Vous m'avez l'air bien renseignés. Ce pauvre Masson, on l'a enterré hier.

– Après l'avoir trucidé la semaine dernière. Vous êtes au courant, quand même ?

– Bien sûr. Les journaux en ont parlé. Et son secrétariat m'a appelé pour décommander un rendez-vous que nous avions dans quinze jours. Il ne risque pas d'y venir, le pauvre.

– À votre avis, qui l'a tué ?

– Comment voulez-vous que je le sache ? Un fou, sans doute !

– Le même qui aurait mis le feu au Diamant Bleu ?

– Je n'en sais rien.

– Et qui aurait tué Fred Lefaucheux ?

– Je n'en sais toujours rien. Mais où voulez-vous en venir, monsieur le commissaire ?

– Nulle part, éluda Andréani. Nous enquêtons, c'est tout. Si vous savez quelque chose, il faut nous le dire.

En fait, il venait de marquer un point. Officiellement, la mort de Lefaucheux était liée à l'incendie, mais elle était accidentelle. Les journaux n'avaient jamais mentionné qu'il avait été tué avant, pour la simple raison qu'ils ne le savaient pas. Le fait qu'Alberti n'ait pas rebondi pour rectifier le propos du commissaire prouvait qu'il savait quelque chose.

– Encore deux questions, monsieur Alberti. Souhaitez-vous une protection rapprochée ?

Celui-ci éclata de rire. Mais cela sonnait faux.

– Et pourquoi donc, grands dieux ?

– Vous ne vous sentez pas menacé ?

– Nullement. Pourquoi le serais-je ?

– Parce que vous avez fait l'acquisition de deux 357 Magnum avant-hier. Ce n'est pas pour un cadeau de communion, j'imagine ?

Alberti marqua le coup, mais trouva une réponse.

– Vous voulez le savoir ? C'est suite à ce qui est arrivé à ce malheureux Masson ! On n'est jamais trop prudent ! Un foldingue qui débarque ici en croyant y trouver des millions, cela peut arriver. Alors qu'on n'a plus d'argent liquide depuis belle lurette !

– Vous avez un port d'armes ?

– Oui.

– Une dernière chose et on vous laisse. Connaissez-vous cet homme ?

Le commissaire avait sorti une photo de Dumez, seul dans un cadre montagnard.

– Je ne vois pas.

– Et comme cela ?

Il avait présenté l'autre cliché où figuraient Dumez, Sylvie et les Dufour. Alberti se troubla légèrement.

– Ces deux-là, je les ai déjà vus une fois ou deux au Diamant Bleu. La fille rousse, je ne la connais pas. Quant au type, oui, j'ai pu le croiser aussi au Diamant Bleu, mais il y a longtemps. Je ne le connais pas.

– OK. On vous laisse. Voici ma carte. Si jamais vous vous souvenez de quelque chose, contactez-moi. Même chose si vous recevez des menaces. On ne sait jamais.

Les deux policiers quittèrent l'entreprise de TP sur ces paroles sibyllines. De retour dans la voiture, Langlois commenta :

– Il n'a rien voulu nous dire. J'ai l'impression qu'il sent peser une menace, mais qu'il ne sait pas d'où elle peut venir. On continue à le filer ?

– Nous n'en avons pas les moyens. Cela fait quatre jours que nous ne faisons rien d'autre.

Les deux hommes retournèrent au commissariat, somme toute plutôt bredouilles. Le colonel Chappaz les remercia chaleureusement pour l'élément nouveau, à savoir les accointances de Dumez avec le Diamant Bleu à une période déterminée. En revanche, la procureure Raymonde Mesnard ne manqua pas de leur faire remarquer qu'on n'avançait pas.

– Ce Matteo, que vous avez mis au trou pour incendie, c'est un voyou avant toute chose ! Vous êtes sûrs de l'avoir assez cuisiné ?

– C'est vrai que, vu d'un bureau, cela ferait un bon coupable, madame. Mais je n'y crois pas. Et puis, bien que ce ne soit pas mon affaire, je ne le vois pas être le meurtrier de Dumez non plus.

– Et pourquoi ?

– À cause de son gabarit. Il fait un mètre quatre-vingt-dix et doit peser quatre-vingt-quinze kilos. Ce ne peut pas être un grimpeur rapide. C'est Chappaz qui me l'a dit.

– En parlant de Chappaz, je le laisse en charge de l'affaire Dumez pour l'instant. Rien ne nous prouve que Tanguy soit innocent du meurtre de Dumez. Il n'a pas d'alibi.

– Si c'est le même tueur, il est innocent des deux suivants !

– Cela ne prouve rien pour le moment. Dumez peut avoir été client du Diamant Bleu, d'une part, et avoir été tué par Tanguy, d'autre part…

– Je pense, madame, que le meurtrier est le même pour les trois affaires…

La conversation tournant en rond, la magistrate y mit fin d'elle-même en demandant des résultats à court terme. Il est vrai qu'elle n'avait rien de sensationnel à annoncer dans ses conférences de presse. Andréani et Langlois firent le point.

– Elle est bien sympa, la Raymonde, mais je voudrais l'y voir ! Récapitulons. Où est-ce qu'on a fait fausse route ?

– Nulle part, patron. Le seul problème, c'est que l'assassin a toujours eu une longueur d'avance sur nous. On a quand même progressé sur un point.

– Lequel ?

– Les trois meurtres sont liés. Quand celui de Dumez a été découvert, même si on savait qu'il connaissait Masson, il n'y avait aucune raison de penser qu'il allait être le suivant, et si rapidement. De même, s'il y a un lien entre Masson et Lefaucheux, qui pouvait penser que ce dernier allait être assassiné quelques heures après? Et Dieu sait que nous avons été rapides pour aller de l'un à l'autre! Moralité, il y a un dénominateur commun à tout cela, le Diamant Bleu. Et la suite logique pourrait être Alberti. Lequel ne nous a pas tout dit et n'est pas plus tranquille que cela puisqu'il achète deux flingues.

– Vous avez raison, Langlois! Il faudrait continuer à le filer, sauf que ce n'est pas possible parce qu'il nous connaît maintenant. J'ajouterai autre chose : qu'avons-nous comme éléments de preuve? 1° des photos qui prouvent que tout ce petit monde se connaissait et fréquentait cette boîte; 2° le couteau qui a tué Dumez et, surtout, le fait que le meurtrier s'en sert toujours de la même manière. Si j'étais Alberti, j'achèterais aussi une cuirasse! 3° des DVD porno.

– Pas tous, il nous en manque un… qui a vraisemblablement été volé suite au meurtre de Masson.

– C'est vrai qu'il faut aussi s'intéresser à ce que l'on n'a pas. Quelle est l'année manquante?

– 2004, je crois.

– Il y a aussi une piste que l'on n'a pas approfondie, c'est celle des filles que l'on voit sur les photos en compagnie de Masson et Alberti. Si elles pouvaient s'exprimer, ce serait bien. Nos collègues de la mondaine vont pouvoir nous aider…

– Il y a une autre source d'information possible, patron, c'est Matteo. Comme il était fournisseur occasionnel, il doit bien en connaître quelques-unes. Et puis, on l'a sous la main.

– Bon, nous allons imprimer toutes les photos où l'on voit Masson ou Alberti en galante compagnie. Demain, on va voir Matteo à la maison d'arrêt, on verra la mondaine après. Autre chose, le mobile de ces meurtres, vous voyez quoi, vous ?

– Ce n'est pas clair. Ce n'est pas l'argent, sinon le meurtrier aurait pris ce qu'il y avait dans le coffre de Masson. Un règlement de compte entre Luigi et Lefaucheux ? Je n'y crois pas non plus. Qu'il brûle le Diamant Bleu, peut-être, encore que ce n'est pas comme cela qu'il va récupérer sa créance. Mais qu'il dézingue des clients comme Masson n'a pas de sens !

– Je suis d'accord avec vous. Il reste deux hypothèses : l'élimination d'un groupe de témoins gênants. Et à ce moment, y en a-t-il d'autres à venir ? Et combien ? Et pourquoi sont-ils gênants ? Autre solution : une vengeance. De qui ? De quoi ?

Ayant fait le tour des questions sans réponse, les deux hommes constituèrent leur dossier de photos et se donnèrent rendez-vous le lendemain à la première heure à la maison d'arrêt.

22

– Alors, Matteo, la soupe est bonne ?

– Vous moquez pas, monsieur le commissaire, ce n'est pas drôle !

– Écoute, Matteo, si tu avais choisi d'être facteur, tu n'en serais pas là. J'en viens aux faits. Tu sais que tu risques de prendre cher pour ce que tu as fait. Sans oublier qu'il va falloir que tu convainques le juge d'instruction que tu n'as pas tué Lefaucheux. Ce n'est pas gagné...

– Et alors ? Qu'est-ce que vous me voulez ?

– Si tu collabores intelligemment avec la police, il pourra en tenir compte, et le JAP[1] aussi, par la suite. Un malheureux incendie d'un bar montant, après tout, ce n'est pas si grave. Quelques mois à l'ombre, et puis à toi la liberté et les virées en Corvette !

– Qu'est-ce que vous voulez savoir ? Je vous ai tout dit !

– Sauf ce que l'on ne t'a pas demandé. Regarde attentivement ces photos. Tu vas nous dire ce que tu sais sur ces filles. Prends ton temps et essaie de te souvenir.

Andréani laissa volontairement un peu de temps au truand pour qu'il se concentre.

1. Le juge d'application des peines.

– Celle-ci, c'est Vanessa. Une Slovaque. Elle est restée trois ans, et puis elle est repartie au pays. Elle était fatiguée.

– Et celle-là ?

– C'est Mariana. Une Roumaine. Cela s'est mal terminé pour elle.

– C'est-à-dire ?

– Overdose. Elle est morte. Là, c'est Masson et Alberti.

– C'est bon, on le sait, cela. Mais au fait, je croyais que tu ne connaissais pas les clients du Diamant Bleu ? C'est ce que tu nous as dit.

– En règle générale, c'est le cas. Eux, c'étaient des habitués. Et puis…

– Et puis ?

– Là, ils sont avec des professionnelles. Quelquefois, Lefaucheux passait une commande spéciale pour eux.

– C'est quoi, une « commande spéciale » ?

– Des jeunes.

– Des mineures ?

– Éventuellement.

– Tu sais que cela peut aller loin, ce genre d'affaires !

– Je sais, monsieur le commissaire. C'est bien pour cela que je n'y touchais pas. Sauf une fois où je me suis fait piéger. Et encore, je ne savais pas vraiment l'âge des gamines.

– Raconte !

– C'est important pour votre enquête ?

– Est-ce que Masson et Alberti étaient dans le coup ?

– Oui.

– Alors c'est important. Raconte !

– C'était un jour de mai 2004. Il faisait beau et je draguais au volant de mon cabriolet Mercedes. Lefaucheux m'avait demandé de lui trouver dans l'urgence trois filles pour la soirée. Moi, j'étais sec, parce que je n'avais personne sous la main. Là-dessus, je vois deux nanas qui font de l'auto-stop. Je les prends. On discute, je les baratine, je leur paie un Coca.

– Et tu les embarques au Diamant Bleu…

– Ouais. Notez bien, cela les arrangeait plutôt de découcher ce soir-là et de se faire un peu d'argent.

– C'est-à-dire ?

– C'étaient deux filles de la DDASS. Si j'ai bien compris, elles étaient placées dans une famille d'accueil. Un couple âgé, avec un vieux salaud qui les pelotait quand sa femme n'était pas là. Cela arrive, vous savez. J'ai connu ça, moi aussi.

– Et alors ?

– Alors, elles avaient fugué. Elles revenaient du mur d'escalade quand je les ai prises en stop. Je leur ai parlé d'une soirée où elles pourraient se faire un peu d'argent, elles ont dit OK.

– Tu leur as précisé la nature de la prestation attendue ?

– Non, ça, c'est le job de Lefaucheux. Il leur explique et il les raccompagne.

– Tu savais qu'elles étaient mineures ?

– Franchement, elles faisaient plus que leur âge. On leur aurait donné plus de vingt ans.

– Mais si elles étaient encore en famille d'accueil, c'est qu'elles en avaient moins de dix-huit ! Tu dois le savoir, non ? Et après ?

– Lefaucheux aurait préféré qu'elles soient trois, mais il a dit que cela irait, qu'il les raccompagnerait. Je n'en ai plus entendu parler pendant trois mois. Et puis, un jour, il a abordé le sujet sur le ton de la confidence. Il m'a dit comme cela : « Écoute, Matteo. Tu te souviens des deux filles que tu nous as amenées l'autre jour. Il y a eu un problème. Cela a mal tourné. Il y en a une qui est morte et l'autre qui s'est envolée. Alberti veut qu'on la retrouve. »

– Et elle est morte de quoi ?

– Il n'a pas voulu me le dire.

– Cela pue, ton affaire, Matteo !

– C'est exactement ce que je lui ai dit, monsieur le commissaire. Moi j'ai amené deux filles consentantes et c'est tout !

– Arrête, tu vas me faire pleurer ! Deux mineures, et consentantes pour quoi, tu vas me l'expliquer ! La suite !

– La suite, c'est que j'ai cherché. Elles m'avaient dit le lotissement où se trouvait leur famille d'accueil. J'ai pu retrouver l'adresse.

– Donne la cette adresse, et vite !

– 27 rue des Pyrénées, à Fontaine.

– Et après ?

– Après, je suis allé tourner dans le secteur. Je n'ai jamais revu ni l'une ni l'autre. Un jour, j'ai voulu en avoir le cœur net. J'ai sonné chez les gens et je suis tombé sur la vieille.

– Tu t'es fait passer pour un copain ?

– Forcément. Puisque de la famille, il n'y en a pas.

– Et alors ?

– La vieille était dans tous ses états. Elle chialait sans arrêt. Depuis le jour de leur fugue, elle n'avait revu ni l'une ni l'autre. Je suis parti.

– Et tu as rendu compte à Lefaucheux.

– Exactement. Il m'a dit de laisser tomber jusqu'à nouvel ordre, et l'on n'en a plus jamais parlé.

– Et ton patron, Luigi, il est au courant ?

– Non.

– Rappelle-moi la date de tout cela.

– Mai 2004, monsieur le commissaire.

– Je te souhaite qu'on retrouve la gamine, Matteo. Et qu'elle puisse nous dire ce qui s'est passé ce soir-là. Ce serait mieux pour toi. Venez, Langlois, on a du boulot !

23

En quittant la prison, les deux policiers décidèrent d'aller tout de suite questionner la famille d'accueil. La recherche sur documents des disparitions de 2004, cela viendrait plus tard. La rue des Pyrénées se trouvait dans un lotissement classique des années quatre-vingt. Des petits pavillons serrés les uns contre les autres. Des primo-accédants qui étaient au boulot. Ou des retraités qui, eux, étaient là.

C'était le cas de madame Besson. Une mamie de soixante-quinze ans, qui leur ouvrit la porte sur un intérieur propret sentant l'encaustique.

– La police ? Vous venez pour les petites ? Après tant d'années ?

– Oui, madame. Votre mari est là ?

– Il est mort, messieurs. D'un cancer, il y a deux ans.

– Désolé, nous ne savions pas. Nous avons quelques questions à vous poser.

– Entrez donc. Vous ne pouvez pas savoir ce que je serais contente de les revoir !

Les deux hommes échangèrent un regard signifiant que cela ne risquait pas d'arriver, au moins pour une d'entre elles, et prirent place. Curieusement, c'est madame Besson qui posa la première question.

– Comment se fait-il que vous ayez mis tant de temps à venir ?

Andréani fit une réponse prudente. Il savait, par expérience, que les disparitions de mineures de l'ASE[1] ne passionnaient pas les foules. Il lui repassa la parole.

– Nous avons peut-être un élément nouveau. Peut-être. Ne vous réjouissez pas trop vite et redites-nous tout depuis le début, madame Besson.

– C'est bien simple. Je m'en souviens comme si c'était hier. Cela s'est passé le vendredi 31 mai 2004. C'était le week-end de l'Ascension, ou de la Pentecôte, je ne sais plus. Il faisait beau et les deux petites étaient parties au gymnase. Elles ne sont jamais revenues… Je les attends encore… J'ai gardé leurs affaires, dans l'espoir qu'elles reviennent un jour…

La pauvre femme éclata en sanglots. Les deux policiers échangèrent un regard significatif. Qui dit affaires dit peut-être photos et effets personnels.

– Vous allez nous les montrer après, cela nous intéresse. Sur le coup, qu'est-ce que vous avez fait ?

– Rien.

– Comment cela ! Vous n'êtes pas allée au commissariat signaler la disparition ?

– Mon mari ne voulait pas. Il disait que ce n'était pas la première fois qu'elles fuguaient, et qu'elles finissaient toujours par revenir. Que ce n'était pas la peine de foutre le bazar pour rien…

– Et alors ?

1. Aide sociale à l'enfance.

– Alors, j'ai laissé passer le week-end. Et puis, le mardi, je n'y ai plus tenu. J'ai prévenu l'ASE.

– Ah, quand même ! Et qu'ont-ils fait ?

– Ils nous ont demandé de passer faire une déclaration. Ce que l'on a fait.

– Et puis ?

– Ils ont dit que les fugues, cela arrivait. Et que, dans le cas d'espèce, cela ne changeait pas grand-chose, puisqu'elles allaient être majeures quelques semaines plus tard.

– C'est vrai qu'à dix-huit ans, elles sortent du système. Et après ?

– L'ASE a déposé une main courante au commissariat. Un policier est venu peu après nous demander de confirmer la déposition. Et c'est tout.

– C'est tout ?

– Du côté de la police, oui. L'ASE nous a demandé si on voulait bien reprendre un enfant. Sur le moment, je n'ai pas voulu, j'étais trop secouée. Et puis, six mois après, je me suis dit que cela me changerait les idées. J'ai accepté et ils m'ont redonné un jeune.

– Un garçon ou une fille ?

Les deux policiers échangèrent un regard entendu.

– Un petit gars. Antoine. Il avait quatorze ans à l'époque. Il a bien évolué, lui. Il est aide-cuistot dans un restaurant. Là-dessus, mon mari est tombé malade.

– D'accord. Revenons aux deux filles. Vous n'avez rien oublié ?

– Si, un détail. Un jour, peut-être trois mois après leur disparition, un homme est passé pour demander de leurs nouvelles.

– Genre beau gosse ?

– Oui, c'est cela. Un playboy du style Delon, ou Belmondo. Sapé grand luxe. Il prétendait être un copain. Moi je le trouvais un peu âgé pour cela, mais maintenant, vous savez...

– Vous n'avez pas pris son numéro ?

– Non, je n'ai pas eu le temps. Quand il a vu dans quel état j'étais, il n'a pas insisté. Il n'est jamais revenu. Ni lui ni personne. Vous êtes bien les premiers.

– Vous parliez tout à l'heure d'effets personnels. Désolés de remuer tout cela, mais nous aimerions les voir. Tout indice est important pour nous.

– Je comprends. Tout est dans leur chambre. Venez avec moi.

Les deux hommes se levèrent et suivirent madame Besson. En passant devant le buffet du séjour, Langlois marqua un temps d'arrêt devant un cadre photo.

– Ce sont elles, là, je suppose ?

– Oui, bien sûr ! Laetitia Bordeaux et Magali Fenoglio. Les pauvres petites ! Où sont-elles ?

– Permettez deux secondes, dit Andréani en prenant la photo.

Sur celle-ci, deux jeunes filles souriantes qui avaient la vie devant elles. Comble du destin, elles se ressemblaient beaucoup, avec leurs cheveux bruns bouclés. Le commissaire réprima une grimace de colère devant un tel gâchis.

– On dirait presque deux sœurs, fit-il remarquer.

– C'est vrai qu'elles se ressemblaient pas mal. Oh, cela me fait du mal de parler à l'imparfait ! Oui, elles se ressemblent, mais elles viennent de deux horizons différents, avec la même histoire : père inconnu et accouchement sous X de la mère. Elles n'ont pas eu de chance dans la vie.

Andréani évita de relever que c'était un euphémisme et suivit la pauvre femme jusqu'à la chambre.

– Regardez, tout est là. Sauf ce qu'elles avaient avec elles le jour où elles ont disparu, bien sûr. En fait, je me fais beaucoup de souci pour Magali. À cause de son médicament.

– Quel médicament ?

– Elle suit un traitement contre le diabète et doit absolument se piquer une fois par jour. Si elle ne le fait pas en temps et en heure, ce peut être catastrophique, a dit le médecin. Et tenez, la boîte d'insuline est encore là. Avait-elle pris une ou deux seringues d'avance ce jour-là ? Je l'ignore.

– Je prendrai cette boîte, madame, comme pièce à conviction. J'aurai aussi besoin d'une photo ou deux. On peut regarder leurs affaires ?

– Tenez, c'est là.

Les deux hommes fouillèrent avec délicatesse le contenu de l'armoire. Du linge de fille, des baskets, des revues genre *Vingt Ans*, *Vertical*…

– Une question toute simple : qu'est-ce qu'elles faisaient dans la vie ?

– Laetitia préparait un CAP de boucherie. Magali, c'était l'hôtellerie.

– Et comme sport ?

– Elles en faisaient plusieurs. Du volley en équipe. Et aussi de la gym.

– Vous vous souvenez de ce qu'elles avaient avec elles le jour de leur disparition ?

– Excusez-moi, mais vous n'avez donc pas lu la main courante avant de venir ?

Andréani dissipa le malentendu.

– Non, madame, car c'est une autre affaire qui nous amène sur celle-ci. D'où nos questions qui peuvent vous surprendre.

– Je comprends. Le jour de leur disparition, elles étaient parties au mur d'escalade.

– Qu'avaient-elles pris avec elles ?

– Leurs affaires de sport, leurs papiers, un peu d'argent, j'imagine. La question importante, c'est de savoir si Magali avait son insuline…

Les deux policiers promirent à madame Besson de faire le maximum et prirent congé en emportant photos et référence du médicament. Andréani voulait faire préciser à un médecin ce qu'il en était. Il entama le debriefing dans la voiture.

– Nous avons enfin des éléments nouveaux. 2004, c'est l'année du DVD qui nous manque. C'est l'année où Dumez, après avoir pété les plombs, est revenu à une conduite plus normale. C'est aussi, et surtout, l'année de la disparition des deux filles. Une d'entre elles est sans doute le dénominateur commun entre Masson, Lefaucheux, Alberti et, peut-être, Dumez. Nous allons consulter cette main courante et contacter notre collègue qui a instruit l'affaire à l'époque. Mais je crains le pire. Une fille de l'ASE qui disparaît, pas de famille qui la réclame, cela se termine neuf fois sur dix en affaire classée.

Ce que j'espère surtout, c'est qu'on ne découvre pas une affaire comme les disparues de l'Yonne[1].

– J'y ai pensé aussi, patron ! Quelle saloperie ! Il va falloir réinterroger Matteo sur la question. Quand il parle de « commande spéciale », j'espère que cela ne débouchait pas sur des séances SM, sinon on va le faire morfler !

– Je me souviens bien de cette triste affaire. Entre les clients que l'on n'a jamais poursuivis et le tenancier de la taule qui est libre aujourd'hui, ce n'est pas cher payé ! Mais revenons à nos deux filles. Ce qui me soulage par rapport à votre hypothèse, c'est cette histoire de médicament pas pris. La gamine décédée serait-elle morte faute de soins ? Et le corps, où est-il ?

– Autant de questions à reposer à Matteo. On y va tout de suite ?

– Je ne sais pas si vous avez remarqué, inspecteur Langlois, mais j'ai déjà repris la route de la maison d'arrêt.

Matteo reconnut formellement les deux filles sur les photos. En revanche, il ne fut d'aucune aide pour le reste. À aucun moment, il n'avait entendu parler de médicament à prendre. Il confirma que les deux filles portaient un petit sac à dos quand ils les avaient déposées devant le Diamant Bleu.

Les prestations de celui-ci, c'était du « classique », mais il n'avait jamais entendu parler de soirées SM. Quant à la fille décédée, il confirma que Lefaucheux ne lui en avait jamais reparlé. De son côté, il avait évité le sujet et il ignorait complètement les circonstances de sa mort.

1. Affaire sordide qui s'est déroulée aux environs d'Auxerre dans les années quatre-vingt. Voir également les affaires Émile Louis et gendarme Jambert.

Toutefois, il avait une idée de la manière dont on avait fait disparaître le corps…

– C'est quoi, ton idée ?

– Alberti est dans le BTP. Couler du béton, il sait faire.

– Charmant ! Dernier point. Tu as dit tout à l'heure que Lefaucheux t'avait demandé trois filles, mais que tu n'en avais amené que deux. Tu peux commenter ?

– Vous avez tout dit. Il s'en est contenté. J'imagine qu'il avait trois clients ce soir-là.

– Et le troisième, ce ne serait pas ce monsieur ? demanda Langlois en produisant la photo de Dumez.

– Connais pas. Vous savez, les clients viennent tard le soir. Les filles, je les ai déposées en fin d'après-midi.

Les deux policiers rejoignirent le commissariat.

– Nous sommes vendredi, il va falloir attendre lundi pour avoir le dossier d'enquête, remarqua Langlois.

– Nous allons la faire relancer, nous avons deux noms, comme il y a six ans, et puis aussi deux milieux à investiguer : le monde de la boucherie et celui de l'hôtellerie. Parce que nous ne sommes pas certains de l'identité de celle qui serait décédée. Magali a pu prendre ses médicaments avec elle, et la victime peut être Laetitia…

– Ou aucune des deux, nous n'avons que les dires de Matteo, après tout.

– Nous n'avons qu'une certitude, Langlois. Le dénominateur commun à ces affaires Dumez-Masson-Lefaucheux-Alberti, c'est le Diamant Bleu en 2004. Et ces deux filles. Il faut absolument les retrouver !

– Qu'est-ce qui nous reste à faire ce week-end, patron ?

– Pour une fois, pas grand-chose. Communiquer à Chappaz la photo de Laetitia et Magali, on ne sait jamais.

Par ailleurs, en attendant le dossier papier, je vais chercher dans nos fichiers ce qui existe sur les disparitions de 2004.

24

Elizabeth Hubert jeta un dernier coup d'œil sur le miroir de sa salle de bains. Celui-ci lui renvoya une image plutôt flatteuse. Elle venait d'avoir quarante ans et en paraissait dix de moins. Il faut dire qu'elle faisait ce qu'il fallait : régime alimentaire strict, gym, abdo-fessiers étaient son quotidien. Mais quand on assume le double statut de secrétaire principale et maîtresse en titre de monsieur Alberti, il faut savoir ce que l'on veut. Cela comportait son lot d'avantages : un salaire conséquent, d'abord, des voyages par-ci par-là, sans oublier la voiture de fonction. Cela lui valait aussi de solides inimitiés de la part de ses collègues, qui la surnommaient « la Pompadour » mais elle s'en fichait. Être crainte et vivre dans l'adversité, elle connaissait.

14 h 15. Encore un soupçon de rouge à lèvres et de fard – pas trop pour ne pas faire vulgaire – et il fallait y aller. Le patron l'avait convoquée pour une séance de travail urgente un dimanche après-midi, et il convenait d'être à l'heure. Elle sourit à cette idée de dossier urgent. Il y en avait un, certainement. Mais il y avait aussi, et surtout, la partie de jambes en l'air qui suivrait. Alberti l'emmènerait peut-être chez lui si sa femme n'était pas là. Plus probablement, il la culbuterait sur la table de la

salle de réunion. Il adorait ça. Et il faut dire que cela ne lui déplaisait pas non plus. Elle s'était habillée en conséquence : un tailleur très strict sur des dessous coquins, elle était sûre de son effet.

Une circulation fluide lui permit d'arriver à l'heure dans la zone industrielle des Alouettes. Rien de plus déprimant qu'une ZI un dimanche après-midi, surtout quand il pleut. Si cela fourmille aux heures de bureau, là, c'était le désert complet. Enfin, ils ne seraient pas dérangés, ce qui était bien le but.

Elle repéra tout de suite la Mercedes du patron. Il était là, et il était seul. Elle alla se garer un peu plus loin et entra dans les locaux. En refermant la porte à clé, elle s'étonna de constater que la lumière de l'escalier était restée allumée. Elle l'éteignit en montant ce dernier.

Arrivée au bureau de direction, elle se mit à hurler. Alberti était bien là à l'attendre.

Affalé sur son bureau dans une mare de sang. Un bandeau sur les yeux et la ceinture défaite. Tué de trois coups de couteau.

25

– Vous n'avez touché à rien ?

– Oh non ! J'ai appelé police secours et je suis redescendue tout de suite ! Je ne pouvais pas rester à côté.

La ZI des Alouettes n'était plus calme du tout. Une dizaine de voitures de police, gyrophare tournant, assuraient l'animation. Alertés par le commissariat de quartier, Andréani et Langlois étaient arrivés aussitôt. Ils entreprirent de questionner la secrétaire qui les avait accueillis quatre jours auparavant.

– Racontez-nous tout, madame Hubert, et n'omettez aucun détail, tout est important.

– Oh ! c'est simple, nous avions rendez-vous à 15 heures pour travailler sur un dossier et je l'ai trouvé comme vous le voyez. C'est affreux…

– Vous travaillez le dimanche ?

– En général, bien sûr que non. Mais il fallait absolument que ce dossier soit bouclé pour demain matin. Monsieur Alberti m'avait demandé si je pouvais lui donner un coup de main.

– Vous le connaissez bien ? Cela fait longtemps que vous travaillez avec lui ?

– Depuis dix ans, je suis son assistante.

Les deux policiers échangèrent un regard entendu. Le look de la secrétaire et cet horaire inhabituel laissaient à penser que ce pouvait être un coup de main d'un genre particulier.

– Quand l'avez-vous vu pour la dernière fois ?

– Vendredi soir. J'ai quitté l'entreprise à 17 heures. Il était encore là et nous nous sommes dit « à dimanche », puisque c'était convenu comme cela.

– Il était seul quand vous l'avez quitté ?

– Oui. Je pars toujours la dernière après le reste du personnel pour m'assurer que tout est bien fermé.

– Qui peut être venu après votre départ ?

– L'équipe de ménage, sûrement. Maintenant, une autre visite est toujours possible.

– À qui pensez-vous ?

– Un client ou un fournisseur. Mais il n'attendait personne. Je le sais puisque c'est moi qui tiens l'agenda et qui prends les rendez-vous. Et un vendredi soir, la veille d'un week-end, cela n'arrive jamais. Non, il a été victime d'un fou furieux entré par effraction.

– Attendez, n'allons pas trop vite. L'équipe de ménage, c'est qui ?

– C'est la société Clean'net. Ils viennent tous les soirs, les jours ouvrés.

– Vous les connaissez bien ?

– Bien sûr, c'est moi qui gère leur contrat !

– Dans la pratique, qui vient ?

– Le patron, Tonio, accompagné d'une femme de ménage. Ils restent deux heures. Quelquefois, il dépose l'ouvrière, part sur un autre chantier et revient la chercher.

– L'ouvrière, c'est toujours la même ?

– En général, c'est madame Diallo. Quelquefois, c'est une autre. Ils ont pas mal de chantiers et Tonio gère les effectifs au mieux.

– Et ce Tonio, vous le connaissez depuis longtemps ?

– Cela fait trois ans qu'on travaille avec eux. On n'a jamais de souci. Quand il y a un problème, on s'appelle et on le règle.

– Ils ont les clés de l'entreprise, j'imagine ?

– Bien sûr, puisqu'ils partent souvent les derniers. Ils ont aussi le code de l'alarme.

– Donc, vendredi, tout s'est passé normalement a priori. Sinon ils vous auraient appelée. Ou police secours s'ils avaient constaté le meurtre. Ou alors ce seraient eux les coupables !

– C'est inimaginable ! s'indigna Elizabeth.

– C'était une façon de parler, madame Hubert. Vous parliez tout à l'heure d'effraction. Quand vous êtes arrivée à 15 heures, la porte était-elle forcée ?

– Non, pas du tout. Elle était fermée à clé et l'alarme n'était pas mise, puisqu'il y avait quelqu'un à l'intérieur.

– Donc, il n'y a pas eu effraction. La porte a été fermée soit par le ménage soit par le meurtrier. Avez-vous remarqué quelque chose d'insolite ?

– Oui, un détail. La lumière de l'escalier était allumée. Je me souviens de l'avoir éteinte.

– Bon. Cela veut dire que l'équipe de ménage est partie vendredi soir après avoir fait son travail et qu'elle a fermé normalement. Deux hypothèses : monsieur Alberti était encore là et aurait ouvert à son meurtrier, ou alors il serait parti en même temps que le ménage et revenu ultérieurement. On peut le joindre, monsieur Tonio, un dimanche ?

– Oui, j'ai son numéro de portable.

La conversation fut interrompue par un policier en combinaison blanche qui prit à part Andréani et Langlois.

– L'autopsie le confirmera, mais selon moi, la mort remonte à plus de vingt-quatre heures…

– Donc, entre vendredi soir et samedi matin ?

– C'est cela.

– OK. Vous avez des indices ?

– C'est le même tableau que chez Masson. Empreintes effacées, trois coups de couteau. Et surtout, le bandeau et le pantalon…

– Donc le même meurtrier.

Les deux policiers revinrent à Elizabeth. Tonio étant sur messagerie, Andréani fit laisser un message demandant un rappel urgent, et reprit l'interrogatoire.

– Si j'ai bien compris, monsieur Alberti vous considère comme une personne de confiance. Lui connaissez-vous des ennemis ?

– Dans le milieu du BTP, ce ne sont pas des enfants de chœur, mais de là à tuer quelqu'un…

– Vous a-t-il fait part de menaces reçues ces derniers temps ?

– Non.

– Vous paraissait-il plus inquiet que d'habitude ?

Elizabeth prit une pose avant de répondre.

– Écoutez, je sais qu'il a accusé le coup après la récente mort de maître Masson, le notaire. Ils n'étaient pas intimes, mais ils se connaissaient bien…

Cela démangeait Andréani de sortir la photo et de la ponctuer d'un « je pense bien ! », mais il s'abstint de cet effet de théâtre facile. Il se contenta d'une question très directe :

– Le Diamant Bleu, vous connaissez ?

– De nom, et aussi de réputation.

– C'est-à-dire ?

– Que ce n'est pas le genre d'établissement que je fréquente.

– Et votre patron, vous pensez qu'il a pu y aller ?

Elizabeth marqua un étonnement désapprobateur :

– Écoutez, sa vie privée ne me regarde pas ! Mais je doute fort que monsieur Alberti s'abaisse à ce genre de fréquentations !

– Qu'est-ce que vous pensez de ce bandeau sur les yeux et de cette ceinture dégrafée, c'est fortement connoté, non ?

Elizabeth eut une mimique étrange. On y lisait l'étonnement, la négation et aussi une pointe de doute.

– Je vois ce que vous pensez. Qu'il aurait fait venir une… call-girl au bureau, un week-end. Je vous dis non, ce n'est pas possible !

– Et pourquoi ?

– Nous avions rendez-vous aujourd'hui à 15 heures.

– Cela a pu se passer hier, ou tard vendredi soir.

– Quand bien même. Nous sommes plusieurs à avoir les clés de l'entreprise. Trois contremaîtres et moi-même. Il nous arrive de passer à l'improviste le week-end, pour récupérer ou déposer un dossier. Monsieur Alberti n'aurait jamais pris un tel risque. Et puis…

– Et puis ?

– Je ne suis pas détective, mais c'est peut-être une mise en scène…

Andréani pensa pour lui-même qu'elle avait raison sur un point. Connaissant la manière dont l'entrepreneur se lâchait au Diamant Bleu, cela aurait été stupide de sa part de se compromettre par une telle gaminerie. Il avait plusieurs vies, une pour sa femme, une pour sa maîtresse et une troisième pour ses penchants moins avouables. Sa réflexion fut interrompue par Tonio, qui rappelait. Il prit l'appareil, se présenta et demanda à le voir immédiatement.

– Cela va être un peu dur, tout de suite. Je suis à Roissy. J'ai une correspondance à 20 heures. Je serai à l'aéroport une heure après.

– Eh bien, nous y serons aussi ! À tout à l'heure !

Le reste de l'après-midi se passa en relevés d'empreintes, levée du corps, autant de formalités qui étaient devenues le quotidien d'Andréani et Langlois depuis quelques jours. Ils eurent également droit à une remarque acerbe de Raymonde Mesnard, qui leur fit valoir que, s'ils avaient mis Alberti sous surveillance, cela ne serait pas arrivé. Ce à quoi Andréani rétorqua que, pour surveiller tous les clients du Diamant Bleu dont ils avaient les photos, il aurait eu besoin d'une compagnie de CRS.

Les deux policiers échangeaient sur les événements de la journée en attendant Tonio.

– J'ai le sentiment qu'Elizabeth est un peu plus que l'assistante principale, mais elle m'a paru sincère dans ses déclarations, notamment concernant le Diamant Bleu.

– Je le pense aussi. Du reste, je ne me souviens pas de l'avoir vue sur toutes les photos que l'on a pu regarder.

– Alors, votre avis ?

– Le meurtre est signé. C'est comme pour Masson. La victime ne s'est pas méfiée de son ou ses agresseurs. Elle les connaissait sans doute et leur a ouvert la porte.

– Nous allons voir ce que le dénommé Tonio va nous apprendre. Tiens, cela doit être lui...

Ils s'étaient signalés par le traditionnel carton sur lequel on inscrit le nom de la personne qu'on attend. Un gros costaud, chemise à fleurs et brioche à l'air, vint vers eux.

– Antonio Gonzalez. Désolé de vous avoir fait attendre, mais je me suis payé un week-end à Rome. J'ai pu avoir des billets pas chers...

– Je crains que la récréation ne soit terminée, dit Andréani. Il lui exposa les faits brièvement.

Tonio marqua son grand étonnement. Il confirma qu'Alberti était dans les locaux vendredi soir quand il était arrivé, vers 18 h 30, et que tout paraissait normal.

– C'est vous qui êtes parti le dernier ?

– Non, je suis parti un peu plus tôt, car j'avais mon avion à prendre. J'ai laissé ma collaboratrice terminer le ménage. Je n'étais pas inquiet, car monsieur Alberti m'avait dit qu'il resterait un peu tard et qu'il fermerait lui-même.

– La femme de ménage, c'était madame Diallo, comme d'habitude ?

– Non, elle était de repos. C'était une nouvelle.

– Elle est là depuis longtemps ?

– Trois ou quatre jours. Vous savez, dans ce métier, il faut gérer les imprévus et s'adapter vite.

– Bien sûr, bien sûr. Elle s'appelle comment, la nouvelle ?

– Chiara.

– Chiara comment ?

Tonio se troubla légèrement.

– Je n'en sais rien, comme ça ! J'ai vingt bonnes femmes qui turbinent, dont plus ou moins cinq qui tournent souvent. Je ne retiens pas tout !

– Ce n'est pas grave. Vous avez les clés de la boîte, je suppose ? On va aller voir le registre du personnel.

Tonio se troubla de plus en plus.

– C'est-à-dire que…

– C'est-à-dire que quoi ?

– Elle n'est là que depuis quatre jours. Je n'ai pas eu le temps de faire son contrat…

– Ce n'est pas réglo, mais j'imagine que vous avez son nom et son adresse.

– Ben…

Andréani explosa :

– Bon, je crois comprendre ! vous la payez au black et vous ne savez pas qui c'est !

– Vous fâchez pas, monsieur le commissaire ! Dans nos métiers, on est bien obligés, sinon on se fait bouffer par les grands groupes. Mais ne vous inquiétez pas, Chiara, elle sera là demain ! Elle commence à midi.

– Je vous le souhaite. Parce que si ce n'est pas le cas, vous allez avoir quelques soucis !

Le commissaire tourna les talons en laissant Tonio fort perplexe. Il confia à Langlois :

– Je crois bien qu'on tient notre meurtrier. Qui pourrait bien s'appeler Laetitia Bordeaux, alias Chiara. Reste à savoir si elle agit seule ou non. En tout cas, il va falloir prévenir Chappaz. Le gars qu'il a mis à l'ombre est innocent de ce crime-là, et vraisemblablement des autres aussi.

26

Le commissaire avait vu juste. Le lendemain, Chiara ne vint pas de la journée. Tonio se trouva fort piteux de ne même pas connaître son nom patronymique.

– De toute manière, elle vous aurait donné un nom bidon. De ce côté, il n'y a rien à regretter. Qu'est-ce que vous avez comme éléments sur elle ?

– Ben, rien...

– Même pas son adresse ?

– Ben, non.

– Comment elle venait au boulot ?

– En bus, et elle repartait de même.

– Et physiquement, elle est comment ?

– Pas très grande, plutôt mince. Jolie.

– Elle ressemble à une des deux, là, sur la photo ? Prenez le temps de bien regarder...

– Oui, assez à celle-ci, mais en un peu plus vieux. En revanche elle est blonde, pas brune.

– Les cheveux, cela se teint, et les perruques, cela existe... Êtes-vous certain de reconnaître les traits du visage ?

– Cela ressemble fortement.

– OK. Vous passerez nous voir pour la déposition. Si j'étais à votre place, à l'avenir, j'éviterai d'employer des gens au noir, et je constituerai un dossier avant l'embauche, conclut Andréani en quittant Tonio.

De retour au commissariat, les deux hommes se concertèrent sur la conduite à tenir.

– Vous êtes certain que c'est Laetitia, patron ?

– À peu près certain, pour plusieurs raisons : 1° nous sommes sûrs que Matteo l'a livrée au Diamant Bleu en mai 2004 avec sa copine ; 2° ce soir-là, il était prévu une soirée avec trois types, qui pourraient bien être Masson, Alberti et Dumez ; 3° Tonio l'a reconnue sur la photo... à quatre-vingt-dix-neuf pour cent ; 4° souvenez-vous de deux détails que l'on n'a pas approfondis : Matteo nous a dit que les deux filles revenaient d'un mur d'escalade quand il les a prises en stop. Et, dans leurs affaires, il y avait un numéro de *Vertical*. Il est également mentionné dans le dossier de 2004, que j'ai reçu ce matin, qu'elle faisait de l'escalade. J'ai fait des recherches sur Internet. Laetitia a été championne départementale en 2003. Ce pourrait bien être elle, la forme rouge vue par Poirier... ; 5° dernier point, bien réaliste, elle faisait un CAP de boucherie. Manier le couteau, elle connaît.

– Si c'est bien elle, le mobile serait alors la vengeance, pour sa copine et elle-même. Mais cela ne nous dit pas de quoi l'autre est morte, et, surtout, pourquoi cette vengeance intervient six ans après les faits !

– Là, j'avoue que je n'ai pas d'explication. Ce qui est certain, c'est qu'elle doit être loin à l'heure qu'il est !

– Et pourquoi Alberti serait la dernière victime ? Pourquoi pas un autre client ?

– Pour deux raisons. Nous n'avons aucun témoin oculaire jusqu'au meurtre d'Alberti. Pour ce dernier, il y a quand même au moins une personne qui a vu son visage. Et puis, souvenez-vous de la « commande » honorée par Matteo : des filles pour trois clients. Il n'y en avait pas un quatrième.

– Et Lefaucheux ?

– Je pense que c'est en plus. Il a dû se servir au passage.

– Qu'est-ce qu'on fait ?

– On lance un avis de recherche généralisé au nom des deux filles. Si, comme je le pense, Alberti est la dernière victime visée par Laetitia, alias Chiara, elle a pris le large et doit être partie bien loin sous une fausse identité. On va quand même contrôler les départs en avion depuis vendredi soir sous les deux noms qu'on connaît, mais je n'y crois pas trop. Comme j'ai envie de m'aérer les idées, on va aller dire bonjour à nos amis gendarmes avec la photo des deux filles, il y a encore un point à vérifier. Et puis, si le meurtrier est bien le même, notre ami Chappaz va devoir gérer le cas Tanguy…

L'air pur et vivifiant des montagnes permit effectivement de relaxer un peu les deux hommes, qui allaient de crime en crime depuis plusieurs jours dans une atmosphère nauséabonde. C'est avec plaisir qu'ils retrouvèrent le colonel Chappaz qu'ils avaient appris à apprécier. Ils lui firent part des nouveaux développements de l'affaire, et surtout de la piste Laetitia-Chiara, photo à l'appui.

– Cela ne me dit rien, dit le colonel, mais le mieux est d'aller voir Jean Poirier. Si cette fille a connu Georges Dumez de près ou de loin, peut-être qu'au garage on la connaît aussi…

Ils rejoignirent aussitôt la concession et montrèrent la photo à Jean Poirier.

– C'est marrant, mais cette tête me dit quelque chose…

– Essayez de vous souvenir, c'est au garage ?

– Je ne pense pas.

– Alors, où cela peut-il être ?

– Si ce n'est pas au garage, c'est forcément en montagne… J'y suis ! C'était la copine de Gérard !

– Qui est Gérard ?

– C'était un guide de haute montagne, plutôt doué, qu'on croisait de temps en temps avec Georges sur les sommets. La plupart du temps, il était avec des clients et, quelquefois, il faisait une sortie avec sa copine. Très douée aussi, soit dit en passant !

– Tellement douée que ce pourrait bien être elle la forme rouge qui vous a balancé des cailloux sur la tête après avoir tué votre associé.

– Qu'est-ce qui vous fait dire cela ?

Andréani résuma la progression de l'enquête.

– Et on peut le voir, ce Gérard ?

– Cela ne risque pas d'arriver ! Il est mort l'hiver dernier dans une avalanche.

– Et cette copine ?

– Elle était avec lui depuis trois ans. Depuis, on l'a perdue de vue.

– Apparemment, la réciproque n'est pas vraie ! Elle avait Dumez dans le viseur. Au point de l'attendre au deuxième relais de la voie William, intervint Chappaz.

– Si c'est bien elle, je suis curieux de savoir comment elle a pu deviner que nous y serions ce jour-là, commenta Poirier. Je vous offre un café ?

Les quatre hommes rejoignirent le distributeur de boissons, en laissant leurs documents sur le bureau de

Poirier. Sur le chemin, ils croisèrent madame Pépin, qui commençait son service.

– Bonsoir, madame Pépin ! Vous êtes toujours toute seule ?

– Eh oui ! Ma collègue n'est toujours pas revenue. Enfin, le patron m'a promis quelqu'un pour m'aider demain.

– Bon courage alors ! Vous pouvez commencer par mon bureau puisque nous n'y sommes pas.

De retour dans celui-ci, ils découvrirent la même madame Pépin fort concentrée sur la photo de Laetitia et Magali qu'elle tenait à la main.

– Faites excuse, monsieur Poirier, je n'ai pas voulu être indiscrète, mais j'ai ramassé cette photo qui était tombée par terre avec le courant d'air. Et quand on parle du loup… Vous savez, on venait d'évoquer ma collègue de la semaine dernière ? On dirait bien que c'est elle sur la photo…

– Pardon ? s'écrièrent en même temps les quatre hommes.

– Oui, oui. Elle fait plus jeune et ce n'est pas la même coiffure, mais vous savez, les filles, cela change ! Si, si, c'est bien elle !

– Il y a longtemps qu'elle fait le ménage avec vous ?

– Oh non ! Depuis quelques jours seulement…

– Était-elle avec vous le vendredi soir avant la disparition tragique de monsieur Dumez ?

– Absolument. C'est le dernier jour qu'elle est venue.

– Eh bien, vous avez la réponse à la question que vous vous posiez, monsieur Poirier. Merci beaucoup, madame.

Nous aurons besoin de votre témoignage. Et comment elle s'appelait, cette jeune personne ?

– Françoise. Je ne connais que son prénom.

Andréani pensa que la guêpe n'était pas folle et ne prenait pas de risque avec les identités. Là aussi, elle s'était introduite dans l'entreprise via une société de ménage qui, bien évidemment, ne devait pas la déclarer. Il conclut :

– Messieurs, nous avons identifié notre meurtrier, ou plus exactement notre meurtrière. Comme elle m'a l'air bien organisée, elle doit être loin maintenant. J'ai une question, monsieur Poirier, si vous l'aviez croisée en montagne, comment se fait-il que vous ne l'ayez pas reconnue au garage ?

– Comme vous l'a dit madame Pépin, elle n'y est venue que deux ou trois fois, la semaine avant la mort de Georges. J'étais en tournée cette semaine-là, sauf le fameux vendredi où nous avons eu une discussion un peu vive. J'ai pu la croiser sans faire attention, j'avais autre chose en tête.

Organisée, Laetitia-Chiara l'était effectivement. Le lendemain, une lettre anonyme adressée à la gendarmerie se résumait à une courte phrase : « La clé est au deuxième relais. »

27

Chappaz retournait la lettre dans tous les sens en maugréant :

– Bien sûr, une lettre signée personne avec six mots découpés dans des journaux. Qu'est-ce que cela signifie ? Je ne comprends pas, ou plutôt, je crois trop bien comprendre. Le deuxième relais, c'est celui de la voie William, là où Dumez a été tué, et le meurtrier nous promène gentiment !

– La meurtrière, rectifia Andréani. Je pense que l'on n'a plus qu'à y aller.

– Vous avez raison. Je vais demander à Giraud d'y retourner, ou plutôt non, je vais y aller aussi. Si elle a voulu m'intriguer, elle y est arrivée !

– Cela vous ennuie si je viens ? demanda Andréani.

– Aucunement. C'est aussi votre enquête. Vous avez déjà fait de l'escalade ?

– Oui, un peu, dans mon jeune temps. C'est dur ?

– C'est classé AD, comme assez difficile. Mais vous êtes athlétique, on va y aller avec Giraud et on vous aidera. On a des chaussons et du matériel à vous prêter. Vous en êtes, monsieur Langlois ?

– Euh, comme vous le voyez, je suis un peu moins sportif que le commissaire. Allez-y à trois, vous me raconterez !

Une heure plus tard, les trois hommes rejoignaient le Sappey-en-Chartreuse. Afin de s'échauffer avant d'entamer l'escalade, Chappaz avait décidé de refaire la même marche d'approche que Dumez et Poirier, quinze jours auparavant. Le commissaire Andréani put faire sa provision d'air pur et réfléchir sur l'enquête des deux semaines écoulées. La boucle était à peu près bouclée. Si le mobile des meurtres était la vengeance, comme il le pensait depuis un bon moment, il manquait un élément majeur : pourquoi six ans après les faits ?

Il en était là de ses réflexions quand ils arrivèrent à l'attaque de la voie. Chappaz et Giraud l'aidèrent à s'équiper et à s'encorder.

– Montez devant, Giraud. Je monte derrière, avec le commissaire, ordonna Chappaz.

– La dernière fois que l'on a fait comme ça, c'était avec Poirier, je commence à la connaître, la voie, plaisanta le lieutenant.

Andréani en bava un peu, mais s'en sortit bien. Arrivé au premier relais, il reprenait son souffle tandis que Chappaz assurait Giraud, qui grimpait en tête. Ils l'avaient perdu de vue, mais l'entendirent s'exclamer :

– Montez vite ! Vous allez voir, c'est plutôt marrant !

Chappaz avait hâte de découvrir ce qui était marrant, mais il dut faire preuve d'un peu de patience, cette seconde longueur et sa cheminée posant quelques problèmes au commissaire. Un quart d'heure plus tard, les deux hommes gagnaient la plateforme du meurtre.

Comme il avait plu depuis, toutes les traces avaient disparu.

– Qu'est-ce que vous avez trouvé de marrant, Giraud ?

– Un porte-clés avec un cochon. Il était mousquetonné sur un piton.

– Qu'est-ce que vous dites ?

– Un porte-clés avec un cochon. Tenez.

Le lieutenant ouvrit la main et tendit à Chappaz un porte-clés comme on en trouve dans les pochettes-surprises. Un petit cochon rose et une clé portant le numéro 44.

– Je pense que le cochon, c'est un message en rapport avec la moralité et les agissements de nos victimes, dit Andréani, qui reprenait son souffle. Quant à la clé…

– On dirait une clé de boîte postale.

– Ou de consigne de gare.

– C'est plutôt cela. On nous invite à aller chercher quelque chose.

– Eh bien, allons-y !

Les trois hommes terminèrent l'escalade. Andréani mit quatre heures à grimper ce que Laetitia avait réalisé en moins d'une. Pour gagner du temps, l'hélicoptère les cueillit au sommet et les emmena directement à la gare. Dans le casier numéro 44, ils trouvèrent le DVD manquant et une lettre. Le tout avait été déposé quarante-huit heures auparavant.

Lettre de Chiara

Bonjour colonel, bonjour commissaire,

Vous avez bouclé votre enquête, puisque vous avez démasqué la vilaine fille qui a débarrassé la terre de quatre ordures et, si j'ai bien compris, la question qui vous reste est : mais pourquoi elle a mis tout ce temps-là ?

Je vais vous répondre, c'est bien normal. Vous avez fait votre boulot et moi j'ai fait celui que la Justice n'aurait jamais fait si Masson, Alberti, Dumez et autres Lefaucheux avaient été arrêtés. Que peut faire une pauvre fille de l'ASE face à des bourgeois vicelards qui peuvent se payer un bon avocat ? Rien du tout. J'ai donc pris le parti de régler mes comptes moi-même et de me passer des guignols en robe rouge. La Justice est encombrée, c'est bien connu, je lui ai gagné du temps, elle peut me dire merci !

Le 31 mai 2004, après que Matteo ait livré sa marchandise à Lefaucheux (la marchandise, c'était Magali et moi), ce dernier nous a fait boire et droguées. Ce qui devait être une prestation de barmaid s'est transformé en autre chose que je préfère ne pas décrire. Le DVD ci-joint vous permettra de vous en faire une idée, si vous avez un tempérament voyeur. Personnellement, j'ai eu de la chance, car ils se sont occupés de Magali en premier. Pendant ce temps, j'étais bouclée dans une chambre au premier, mais j'ai tout entendu. Au bout d'un certain temps, ils l'ont remontée dans la chambre, pas fraîche, et m'ont dit que ce serait mon tour après le match de foot. Parce qu'en plus, ils regardaient le foot, ces messieurs !

Magali n'allait pas bien. Le choc de ce qu'elle avait subi, plus l'alcool, plus l'absence de la piqûre qu'elle devait se faire lui ont été fatals. Elle est tombée inconsciente, puis elle est morte dans mes bras. Pas besoin de vous faire un dessin. Je me suis juré de la venger.

Quand j'ai vu le genre de loulous auxquels j'avais affaire, j'ai pris en une minute la décision la plus difficile de ma vie : abandonner ma copine et partir. Il était clair que, s'ils remontaient et la trouvaient morte, ils feraient disparaître le corps et moi avec.

Vous savez que je me débrouille en escalade. Ce jour-là, j'avais avec moi mes affaires, et notamment un brin de corde qui m'a permis de descendre du premier étage en rappel. Machinalement, j'ai raflé une grosse enveloppe qui se trouvait là, ainsi que les affaires de Magali. Ce geste m'a coûté cher, mais il m'a sauvé la vie.

En pleine nuit, j'ai fait du stop et un brave routier m'a conduite jusqu'en Italie. Et là, bêtement, contrôle d'identité. Dans l'enveloppe, il y avait du fric et aussi de la drogue. Mes explications embrouillées n'ont convaincu personne. Alors, forcément, je me suis retrouvée en prison. Ce fut un mal pour un bien, car ils étaient à ma recherche pour m'éliminer.

En prison, j'ai appris l'italien et je me suis fait une super-copine, Chiara. C'est un prénom que j'adore. Je l'ai emprunté par la suite.

Je reviens à nos moutons. Au bout de trois ans, j'ai été relâchée. Ou plus exactement, Magali a été relâchée, puisque j'avais ses papiers et je m'étais fait passer pour elle. Qu'est-ce que cela pouvait faire, puisqu'elle était morte ? Notez bien, j'étais un peu morte, moi aussi : pas d'enfance, des placements successifs pas toujours heureux, cette séance du 31 mai et trois ans de prison, avouez que, comme départ dans la vie, cela se pose là ! Je suis revenue en France avec la ferme intention de la venger au plus vite. Ma codétenue m'avait donné un tuyau pour me faire fabriquer une nouvelle identité. Je me suis fait appeler Chiara Pettenella.

Je savais où les retrouver, puisqu'ils n'avaient même pas dissimulé leurs noms lors de cette satanée soirée. J'ai décidé de commencer par Dumez.

Il a eu un sursis de deux ans, car j'ai rencontré Gérard. Un chic type. Je lui ai raconté mon histoire et il m'a dissuadée de me venger. Mais il faut croire que la vie m'en veut puisqu'il est mort accidentellement dans une avalanche. J'ai vécu de petits boulots pendant six mois, qui m'ont permis de noter les habitudes de mes chers clients, et la suite, vous la connaissez.

Maintenant, justice est faite, la page est tournée et je vais pouvoir commencer à vivre. Sous un nouveau nom. Mais celui-là, je ne vous le donnerai pas.

Ah, j'oubliais un dernier point. Pourquoi ces mises en scène sexuelles ? Vous savez, c'est con, les hommes ! Vous leur promettez une petite gâterie, vous y ajoutez deux trois détails pimentés, du genre menottes ou bandeau sur les yeux, et ils sont contents. Malheureusement pour eux, un couteau qui transperce la paroi mésogastrique, qui glisse sous le colon transverse pour sectionner la veine porte, l'artère hépatique et la veine cave a pour effet principal d'expédier *ad patres* celui qui le reçoit, et pour effet secondaire de mettre une fin prématurée à une érection pourtant fort prometteuse. Pour Masson et Alberti, vous avez pu voir. Pour Lefaucheux, c'était pareil, mais l'incendie a dû cramer un peu ses vêtements, j'imagine. Cet incendie, ce n'est pas moi, pour le coup !

Comment je suis entrée chez Masson ? Facile. Je me suis fait passer pour une cliente désargentée. La promesse d'une faveur et il m'a ouvert sa porte… et son coffre. Mais je n'ai rien pris à part le DVD. J'ai ma dignité.

Pour Dumez, je n'ai pas eu le temps. Je lui ai fait sa fête au relais. Il fallait faire vite, car son compagnon monte bien. Au passage, présentez-lui mes excuses pour lui avoir balancé des pierres, je n'ai rien contre lui, mais je ne pouvais pas faire autrement.

En conclusion, mes porcs, je ne les ai pas balancés, je les ai saignés.

Épilogue

Jean Poirier s'est rapidement entendu avec madame Gendron et lui a racheté les parts sociales dont elle avait hérité de son frère. Il a recruté un directeur commercial pour remplacer Georges, et le garage de l'Europe est en plein développement. Le nouvel établissement de Voiron a ouvert comme prévu. Alain Rivot en est responsable et s'en sort fort bien.

Le garage Dumoulin a été mis en liquidation judiciaire. L'agent voisin, Derogy, l'a racheté à la barre du tribunal.

François Dumoulin a été repris par Poirier comme mécano à Voiron.

Tanguy a été innocenté et relâché. Chappaz lui a recommandé d'être un peu plus sérieux à l'avenir, de faire attention à son portable et d'éviter de raconter des salades aux autorités.

Matteo a été condamné pour proxénétisme aggravé et incendie volontaire. Comme il a eu le culot de râler parce qu'il se sentait un peu seul à payer dans cette affaire, Andréani lui a fait remarquer qu'il pouvait le remercier de l'avoir mis à l'ombre : s'il avait été en liberté, il aurait bien pu figurer sur la liste de Laetitia-Chiara… Le commissaire a néanmoins tenu sa promesse et glissé un mot au juge d'application des peines de la collaboration du truand.

Sylvie est toujours secrétaire au garage de l'Europe. Chappaz l'a sermonnée suite à l'affaire du texto, et elle a perdu de sa superbe. Elle est beaucoup plus cool avec les vendeurs et se cantonne à ses activités. Aux dernières nouvelles, elle serait toujours avec Dumoulin.

L'entreprise d'Alberti a été rachetée par son concurrent voisin. Le patron a vite compris qu'Elizabeth Hubert était la mémoire de la société et qu'il aurait tout intérêt à la conserver comme assistante. Il a également découvert qu'elle n'avait pas que de la mémoire.

Dans un registre différent, la collaboratrice de Masson, mademoiselle Liénard, a connu le chômage. Après quelques recherches, elle a retrouvé un job de bibliothécaire à la mairie.

Trois ans plus tard, madame Besson a reçu une photo de Laetitia, avec deux bébés dans les bras. Et le texte suivant : « Chère mamie, je n'oublie pas tout ce que tu as fait pour moi. Je vais bien et je te présente mes deux filles, Magali et Chiara. Sois aimable de garder cela pour toi, pas la peine d'en parler à la police. Je t'embrasse. »

Chappaz et Andréani se concertèrent sur la suite judiciaire à donner à la lettre de Laetitia. Ils avaient en main des aveux écrits qui constituaient une preuve de culpabilité évidente devant une cour d'assises. Le DVD compromettant lui vaudrait des circonstances atténuantes. Mais pour la juger, fallait-il encore mettre la main dessus, et ça, ce n'était pas gagné. Et surtout, en avaient-ils vraiment envie ?

– Je ne sais pas ce que vous en pensez, commissaire, mais je ne sais pas trop comment je vais tourner mon rapport à la procureure…

– C'est-à-dire ?

– D'un côté, cette gamine m'a énervé parce qu'elle nous promenés, vous et moi. De l'autre, qu'est-ce que j'aurais fait à sa place ? Elle a hélas bien raison quand elle dit que dans ce pays, les criminels s'en sortent en général pour pas cher, et toujours mieux que leurs victimes !

– Je pense comme vous. Combien de fois cela m'est arrivé de remettre entre les mains de la Justice un malfaiteur arrêté après des mois de traque, éventuellement dangereuse pour mes hommes et moi, et de le retrouver libre peu après parce qu'un avocat pénaliste avait su faire des effets de manche devant un tribunal, ou exploiter un vice de procédure.

– Et encore heureux quand il y a du papier dans le fax et de l'encre dans le toner ! Souvenez-vous de cette affaire, en 2007…

– C'est vrai aussi que les magistrats font ce qu'ils peuvent avec les moyens qu'ils ont, c'est-à-dire pas assez. Si on revient à notre affaire, qu'est-ce que vous préconisez ?

– Si elle démarre une nouvelle vie équilibrée, qu'on lui foute la paix ! L'alternative, si on arrive à la retrouver, cela va être un procès d'assises qui va durer des années, avec de la détention provisoire à la clé.

– Je pense complètement comme vous. Si on transmet un rapport à madame Mesnard en oubliant la lettre, elle va classer l'affaire sans suite. Au pire, elle va relancer une recherche qui n'a rien donné en six ans sur le territoire national, ou faire transmettre à Interpol, qui a vraiment d'autres chats à fouetter en ce moment.

Les deux hommes échangèrent un signe d'intelligence en considérant la lettre de Chiara.

– La lettre ? Quelle lettre ? Je ne vois pas bien de quoi vous voulez parler, dit Andréani en déchirant le document.

Un grand merci à :
Lisa, pour sa relecture attentive
Raphaël et Marie-Aude, pour leurs précisions anatomiques

Pour contacter l'éditeur :

Éditions Les Passionnés de bouquins
36 impasse du Tonkin
69290 Craponne
Email : contact@les-passionnes-de-bouquins.com
Site Web : www.les-passionnes-de-bouquins.com

Imprimé en France par Sepec Numérique